被…被聽到了嗎?
星期五的早安
原案／HoneyWorks　作者／藤谷燈子　插畫／ヤマコ

做過道早安的
排練了，
髮型也沒問題，
OK!!
AM 07:00
早安
濱中翠
生日：1月23日　水瓶座
血型：A型
個性開朗的關西腔少年，是大家的開心果。很在意每天早上在同一輛電車裡看到的聖奈。

告白預演系列 6
星期五的早安
原案／HoneyWorks
作者／藤谷燈子　插畫／ヤマコ
Kadokawa Fantastic Novels

[目錄]

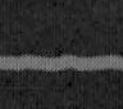

內頁插圖／ヤマコ

Contents

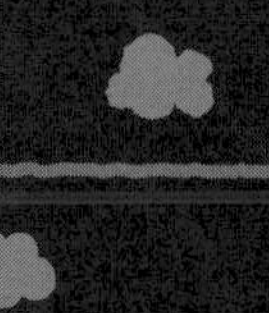

★ introduction ～前奏曲～

《7：00》

週末結束後的星期一。

今天早上，趕在鬧鈴大作之前，我便爬下自己的床。

全神貫注地做了道「早安」的排練，也把髮型整理得無懈可擊。

沒問題。今天一定說得出口……大概。

《8：00》

第二節車廂。雖然我最愛的特等席有空位，但我刻意不過去坐。

這是為了在她上車之後，能馬上向她打招呼。

《8：03》

introduction
～前奏曲～

朝手錶瞄了一眼確認後，我的心跳開始變得狂亂。
不妙啊。我恐怕還是做不到。
忍不住想逃跑的時候，我聽到「唰啷」的一陣清脆聲響。
我將視線移往手邊，傘柄上頭的星星裝飾不停搖曳著。
這是她在上個星期五借給我的。
「請你用這把傘……」
那時，看起來有些害臊的妳，低著頭這麼對我說。
要跟幾乎沒說過幾句話的對象攀談，想必讓人很緊張吧。
而且，她甚至還把自己的傘借給了我……
所以，這次……這次就輪到我主動開口了。對吧？

《8：07》
電車駛入月台。
她就站在候車隊伍的最前方。
對面的列車門打開了。

看到我的瞬間，總覺得她輕聲發出了「啊！」的嘟囔。

快動啊，我的雙腳。快把傘遞給她。

「這個！謝謝……妳。」

「嗯……嗯。」

「然後，那個……」

真是沒出息啊，我的嗓音在顫抖呢。

可是，我不會在這時候逃走。絕對不會。

之前，像個傻子一樣不斷反覆練習好幾次，就是為了這一刻。

為了抑制吵死人的心跳聲，我緊揪住自己的襯衫。

深呼吸吧。

再吸一口氣之後，就張開嘴巴。

然後，從震顫的喉頭擠出那句話。

一、二、三！

introduction
～前奏曲～

「早安。」

明明只需要
一個簡單的契機就好，
真是沒出息呢。

audition 1 ～排練1～

★audition 1 ✦✦ ~排練1~ ✦

《7：00》

枕邊傳來鬧鈴的聲響。

濱中翠懶洋洋地起身，將手伸向床邊櫃上頭的鬧鐘。

快狠準地關掉鬧鈴後，他粗魯地撩起一頭亂髮。

「是誰設定鬧鐘的呀……而且還設成這麼早的時間，有沒有搞錯哩……」

翠不滿地叨唸著，然後拾起擱在枕邊的手機。

按下白色圓形的HOME鍵之後，今天的日期和現在時刻顯示在螢幕上。

「四月七日～？七日好像是……嘎！是開學典禮！」

audition 1

～排練1～

翠連滾帶爬地下床，慌慌張張地衝進廁所。

能夠悠哉度過的高二春假，到昨天劃下休止符。

從今天開始，自己就是高三生了。

「不管怎麼說，起頭都是最重要的。得弄個帥氣的髮型才行哩！」

這麼鼓起幹勁後，為了洗臉，翠用力扭開水龍頭。

春天和煦的陽光從窗外灑落。

《8：00》

來到第二節車廂，坐上自己最中意的特等席。

因為是最旁邊的座位，所以身體可以靠上一旁的隔板。再加上離車門又很近，要下車時也很方便。

距離學校附近的車站，還剩下四站。

翠將書包擱在大腿上，打了一個呵欠，緩緩閉上雙眼。

《８：０７》

電車放慢了速度。似乎要抵達下一個車站了。

睜開眼睛時，對面的車門剛好敞開。

站在候車隊列最前方的，是一如往常的女孩雙人組。

將長度看似直達腰際的一頭金髮紮成兩束的成海聖奈。

在一旁笑著的黑色長直髮少女，則是早坂燈里。

雖然這兩人同樣是櫻丘高中的學生，不過，翠幾乎沒跟她們說過話。

燈里多半都和女孩子一起行動，她會主動攀談的男孩子，僅限定於幾個固定的熟面孔——亦即瀨戶口優和芹澤春輝等人。他們是跟燈里很要好的榎本夏樹的兒時玩伴。

另一方面，聖奈則是超人氣的讀者模特兒，很少會在學校裡看到她的身影。

（哦～畢竟今天是開學典禮，所以她也來露臉了嗎？）

兩人握住皮革吊環，背對著翠並排站著。

不過偶爾看見聖奈和燈里開心談笑的側臉，翠不禁低喃「和電視上一模一樣哩」。

據說，聖奈還是個國中生時，便在路上被雜誌編輯挖角。之後，她的人氣似乎轉眼間扶搖直上，一口氣成了有名人。

（對了，今天早上，電視也播了Haniwa堂的布丁廣告了嘛。）

「嗳嗳，那個人是聖奈吧？」

「咦，妳是說《Ｈｏｎｅｙ》的那個讀者模特兒？」

「絕對是她。好棒喔～原來她會跟我們搭相同路線的電車呀。」

「本人真的好漂亮喔。不但臉很小，腿也又細又長……真令人羨慕～」

坐在一旁的水手服女高中生這麼竊竊私語的聲音，傳進了翠的耳中。

雖然她們盡可能壓低了音量，但感覺得出來，這兩人正因這次的巧遇而興奮不已。

這兩人身上的制服看起來是全新的。想必是某間學校的新生吧。

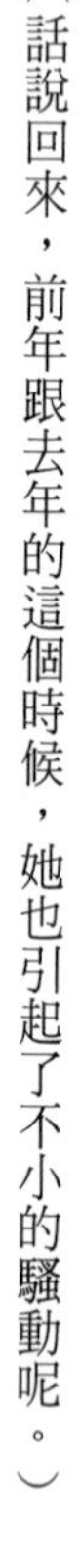

（話說回來，前年跟去年的這個時候，她也引起了不小的騷動呢。）

audition 1

～排練1～

儘管現在的態度很淡定，第一次遇見聖奈的時候，翠其實也相當亢奮。

那是在兩年前，高中新生入學典禮剛結束後發生的事。

校方已經指示大家從體育館移動到教室，但學生們的隊伍幾乎一動也不動。翠不解地挺直背脊望向遠處，發現出入口不知為何堵塞住了。

「怎麼回事？哪個名人出現了嗎？」

「聽說成海聖奈在一年一班耶！」

「騙人，真的嗎？我想跟她合照～」

「我想請她簽名呢～」

聽到一旁的女孩子欣喜的交談聲，翠無法掩飾自己震驚的反應。

原來東京的高中裡頭還會有藝人嗎！

對翠來說，這樣的衝擊宛如五雷轟頂。

在國中畢業之前，他一直住在大阪老家。不用說，當地應該也有很多讀者模特兒。

或許只是翠不知道罷了。

總之，就算只是在遠處眺望，聖奈散發出來的氣場仍十分驚人。

就像星星那般閃耀動人，所以才會被稱為「明星」——在這個瞬間，翠甚至明白了這樣的道理。

（今年的新生，想必又會興奮得哇哇亂叫哩。）

不過，就翠所知，學校從來沒有因為聖奈現身，而發生過什麼大騷動。

或許是因為本人在現場巧妙地安撫了眾人沸騰的情緒吧。

（不管是多受歡迎的公眾人物，要服務粉絲果然還是很辛苦啊。）

或許是聽到翠內心的這句話了吧。

聖奈像是發現什麼似的轉過頭來。

「！」

因為太突然了，翠不禁屏息。

面對這樣的突襲，自己的一雙眼睛鐵定在瞬間瞪得老大。

（我……我搞砸啦啊啊啊！）

他連忙移開視線，但這麼做似乎也會造成反效果吧。

在聖奈看來，翠是在跟自己四目相接的瞬間，隨即別過臉去。

就算被她當成「給人感覺很差的傢伙」，恐怕也不奇怪。

（可是，要是這時為自己辯解，只會更讓她覺得我是個怪人吧！）

翠在內心抱頭哀號，然後又朝聖奈偷瞄一眼。

不過，聖奈已經再次背對他，和燈里聊得不亦樂乎。

（Safe了？這樣算Safe嗎……）

儘管還是有點尷尬，但要是一直盯著聖奈看，她說不定又會轉過頭來。在第二次四目相接之後又馬上移開視線的話，就真的太糟糕了。

隨著電車搖晃，翠閉上雙眼。

（如果之後跟她分到同一班就好笑哩～諸如之類的～）

約莫兩個星期不見的學校，從早上就一片人聲嘈雜。
貼著分班結果的公布欄前方更是熱鬧無比。
在人群中發現一個熟悉的背影後，翠伸手輕拍對方的背。
「春輝！你被分到幾班哩？有找到自己的名字了嗎？」
「喔～……」
「幹嘛啦，你從一大早就很沒勁耶。又熬夜啦？」
「嗯？啊～算是吧，嗯。」
呃，所以你同意的到底是前半句還是後半句啊？
正當翠想這麼吐嘈的時候，春輝「呼啊啊～」地打了一個懶洋洋的呵欠。
不管有沒有熬夜，看來他確實是睡眠不足的狀態。

（他八成又為了構思新作，看了一堆電影的ＤＶＤ吧。）

春輝不只愛看電影，還是個會自己拍電影的「電影狂」。

他跟優、望月蒼太兩名兒時玩伴一起成立了電影研究社。每年的文化祭，他們都會播放社團的作品。

另外，他也會把個人拍攝的作品放在網路上公開，甚至參加各種相關比賽，也因此得過獎的樣子。

翠也看過幾部春輝拍攝的電影，但他並沒有告訴本人這件事。

（就算說了，我也只會大力誇讚他而已。這麼難為情的事我哪說得出口哩。）

翠搔了搔後頸，在分班結果上尋找自己的名字。

看到春輝出現在跟自己相同班級的名單裡，他不禁「喔！」了一聲。

「好耶，原來同班啊！」

「沒有啊，被分到不同班了。」

「啥？我跟你都是三年一班啊。」

看到翠指著公布欄要他看清楚，春輝露出一臉愣愣的表情。

他圓瞪著一雙眼睛，還張大嘴巴，簡直像是在表演搞笑短劇。

而且春輝還變得滿臉通紅，小聲叨唸著「不，沒事」。於是翠隨即會意過來。

這應該就是那個了吧？

「喔呵～我懂哩。你是因為沒跟某人分到同一班，所以才這麼沮喪吧？」

「……才不是咧。又不是小孩子。」

「啊～優跟望太是二班嗎？好可惜喔。」

翠以半調侃、半安慰的語氣這麼表示，再次拍了拍春輝的背。

不過，他或許用力過猛了。被拍得踉蹌了幾步的春輝，忍不住瞪了翠一眼。

「你喔……聽別人說話好嗎？」

「可是，如果是一班跟二班的話，體育課就可以一起上了嘛。太好哩。」

「我～都～說～啦～我不是因為跟優他們不同班，所以才覺得沮喪好嗎！」

「哎呀哎呀～看你認真成這樣，不是更可疑了嗎？」

「隨便你說啦。」

audition 1

～排練1～

春輝不悅地別過臉去，但他並沒有離開，只是在原地默默仰望著分班結果。

（什麼嘛，他果然很在意啊……）

翠露出苦笑，跟他一起繼續望著公布欄。

二班除了優和蒼太以外，還有以夏樹為首的幾個女孩子。

（喔～喔～合田跟早坂也是二班的啊。）

合田美櫻跟夏樹、燈里同樣是美術社的成員。

個性比較文靜，所以顯得不太起眼的她，似乎非常擅長繪畫，常跟燈里兩人上台接受表揚，校內也掛著很多幅她們倆的畫作。儘管意思跟聖奈不太一樣，但這兩人也可說是名人。

交際手腕極佳的春輝，以及怕生的美櫻。

感覺個性完全相反的這兩人，卻意外地談得來。翠時常看到他們倆開心聊天，或是放學後一起回家的光景。

之後，芹澤「春」輝和合田美「櫻」的組合，開始被大家戲稱為「春天情侶」。
不過，像這樣起鬨的，一直都只有旁人。
無論過了多久，兩名當事人都不曾承認他們在交往。
（至少，我覺得春輝應該對美櫻有這種意思哩～）

「春輝～你跟合田之間的感覺挺不錯的嘛？」
「會嗎？很普通吧。」

那是高二的某一天。
在體育課負責爭取得分的翠，曾經向春輝深入追問他們倆的關係。
聽到這個問題，春輝並沒有表現出慌張的反應，只是輕笑帶過。
那種氣氛哪裡算「普通」啊，根本是已經在交往了好嗎！
儘管很想這麼反駁，但翠終究只能閉上嘴巴。
因為，凝視著美櫻所在的網球場的春輝，雙眼看起來閃閃發亮。

（嗯？難道，讓春輝沮喪的原因是……）

或許，並不是因為他和優、蒼太等兒時玩伴被分到不同班級的緣故。

就像春輝本人所說的，這樣跟小孩子沒兩樣。

不過，要是發現在意的女孩子和自己不同班，因此覺得很失望的話呢？

這就是很有可能的事情了。

（不過，身為旁人的我，也不好開口說什麼哩。）

內心這麼想的翠，至今都不曾有過告白的經驗。

小學生的時候，他總是只顧著和朋友一起玩耍。

升上國中之後，雖然出現了令他在意的女孩子，但翠也發現了更讓他沉迷的事物。

那就是吉他。

在倉庫發現的那把吉他，是父親在學生時代使用的東西。

自那天以來，翠就開始廢寢忘食地練習吉他。剛開始的時候，他連吉他的弦都無法好好按住，甚至感覺手指都快抽筋了。不過，到了現在，這反而成為一段相當美好的回憶。

（再說，等升上高中，自然就會交到女朋友了吧！——我當初是這麼想的，但……）

至少，翠本人完全不是這樣。

雖然，每天早上搭電車的時候，他總會不自覺地尋找某個身影就是了。

「啊～！你看你看，我們同班耶！」

一個十分開朗的嗓音從背後傳來。

（剛才那是夏樹的聲音？）

翠轉頭朝後方看了一眼，伸手指著公布欄的夏樹果然站在那裡。

還有帶著理所當然的表情站在她身旁的優。

「太好了，優！」

「……跟我同班，讓妳這麼高興啊，夏樹？」

（這……這句話是什麼意思啊！）

站在優的立場，他或許只是基於自己看到的光景，說出自己想說的話。

不過，聽在別人耳中，這很可能會變成令人心跳加速的發言。就連只是剛好聽到這句話的翠，都忍不住緊張了起來。

至於被他這麼問的夏樹本人，更是愣愣地抬頭仰望著優。

「嗯？那當然啦。」

「咦！」

看到夏樹不假思索地同意的反應，優不禁啞然。

相較之下，夏樹雙手扠腰，不知為何有些得意地補充：

「如果我們同班，上課的進度就會一樣。這樣就能跟你借講義來看啦！」

這時，翠彷彿聽到了現場空氣凍結住的聲音。

他戰戰兢兢地偷看優臉上的表情。

讓空氣凍結的本人，帶著難以形容的笑容僵在原地。

「……噢，原來是這種意思……」

「嗯！這樣的話，就不用擔心考試，可以好好為社團活動努力了～」

「『別在意，優。』」

儘管沒有事先說好，翠跟春輝還是在同一時間開口。

甚至還一起伸出手拍了拍優的肩頭。

「別管我啦。」

「啊，春輝！還有翠同學！早安喔。」

不同於以苦澀的表情低聲回話的優，夏樹臉上帶著一如往常的笑容。

露出笑容回應的同時，翠和春輝從左右兩旁窺探優的臉色。

「優，你希望聽到夏樹回答什麼哩？說嘛？」

「嗯？我聽不懂你在說什麼耶。」

看到優淡淡裝傻的反應，春輝像是拿他沒輒似的聳聳肩。

「應該說，問出剛才那種問題的時候，優就已經輸了。」

「是喔～？」

翠忍不住反問。優也露出了不解的表情。

於是，春輝刻意輕咳一聲，以清澈的嗓音回答：

「說『能跟妳同班，我也覺得很開心』，不就好了嗎？」

「超像的！給你一枚坐墊！」

「真的很像耶，春輝！你什麼時候變得這麼會模仿優了啊？」

「不是這樣啦，夏樹……」

優帶著一臉無力的表情叨唸。

雖然夏樹應該沒聽到全部的內容，但這樣或許也比較好吧。

如果要詳細說明原委，最受打擊的恐怕還是優本人。

（對了，這兩人好像也說他們沒在交往哩。）

翠原本以為，優和夏樹只是不想被周遭的人調侃，所以才把兩人的關係「設定」成這樣，但令人無法相信的是，這似乎就是「事實」。

即使他們看起來感情如此融洽。

（不過，優的那種態度，很明顯對夏樹有意思吧……）

「……難道只有我覺得開心嗎？」

那是道很輕、很輕的嗓音。

翠像是觸電般猛地望向夏樹。

然而，後者已經垂下頭，無法窺見她此刻露出了什麼樣的表情。

（什麼啊，夏樹果然也對優……）

「對了！你們覺得班導會是誰啊？還會跟高二時一樣嗎？」

意外的是，這樣的夏樹，隨後主動開口換了個話題。

她抬起頭來，雙眼因興奮而發出閃亮亮的光芒。

「只要不是咲哥，誰來當班導都可以。」

或許是調侃優之後滿足了吧，春輝隨即這麼回答。

「哈哈！我就知道你會這麼說。」

「你真的很不坦率耶～」

或許早就猜到春輝的答案了吧，優和夏樹看起來莫名地得意。

（不愧是兒時玩伴。他們徹底了解彼此哩。）

這麼說來，負責教授古典文學的明智咲，似乎也能說是春輝的兒時玩伴。

聽說他是春輝哥哥的朋友，以前也常去他們家玩的樣子。

所以，春輝也總是將他喚作「咲哥」，而不是「明智老師」。

身為家中的獨子，這讓翠有點羨慕。

「……喂……喂～」

「哇！怎……怎樣哩？」

突然被人搖晃肩膀的下一刻，翠發現春輝的臉逼近自己的眼前。

他反射性地整個人往後仰。這樣的動作讓優和夏樹大聲爆笑出來。

「翠同學，你的反應也太誇張了！你剛才一直在發呆啊？」

「看樣子，你八成又是看自己喜歡的樂團的演唱會ＤＶＤ到天亮了吧？」

「……別把我跟春輝相提並論啦，呆子。」

有一半被說中的翠，為了轉移話題，以大拇指指了指身旁的春輝。

至於被拖下水的春輝，則是毫不在意地打了個大呵欠。

「每到假日結束後，春輝確實常常變得很呆滯呢。」

「要是一個不注意，他很有可能就會過著晝夜顛倒的生活。」

「就是因為這樣，強烈的睡意，讓他的眼角都往下垂哩。」

「「被你這麼一說……」」

聽到翠的指摘，優和夏樹開始細細觀察春輝的臉。

結果後者似乎也察覺到他們的視線，露出一臉不舒服的表情。

「幹嘛這樣盯著別人的臉看啦。」

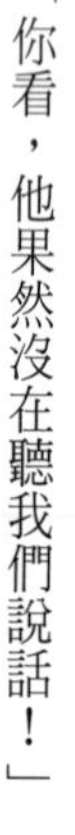

「你看，他果然沒在聽我們說話！」

audition 1

～排練1～

待夏樹忍不住這麼叫出聲後，翠和優先是互看了一眼，然後也跟著笑起來。

看到唯一狀況外的春輝不解地歪過頭，三人笑得更厲害了。

「你們笑得太過頭了吧。翠，你都眼眶泛淚了耶……」

「沒……沒辦法啊！因為你的反應太好笑哩！」

笑得上氣不接下氣的翠，重新把從肩頭滑落的書包揹好。

他是個只要笑穴被戳到，就會笑得久久不能自拔的人。

最後，在校舍玄關換穿室內鞋時，翠的笑意仍沒有完全退去。儘管覺得很累人，他還是認命爬上通往教室的樓梯。

✦ ✦ ✦ ★☆★ ✦ ✦ ✦

會持續的時候，似乎就是會一直持續下去。

待開學典禮結束、眾人再次返回教室的路上，翠還是笑個不停。

原因跟剛才一樣，是春輝。

應該說，是因為他在看分班結果時說的那句話一語成讖了。

「翠，你也差不多一點啦，很煩耶。」

「沒辦法啊。很少有人的烏鴉嘴這麼神準哩。」

「不，這算不上是理由好嗎？真受不了，你要笑到什麼時候啊？」

「原諒我吧，春輝。」

「不要一邊笑一邊道歉啦。」

或許是判斷再說什麼都沒用了吧，春輝只是嘆了一口氣。

翠也很想讓自己停止發笑，但並沒有這麼簡單。

時間回溯到數十分鐘前。

在開學典禮的最後，便是大家久等的班導公布時間。

春輝之前那句「只要不是咲哥，誰來當班導都可以」，似乎成了替自己立旗的發言。

明智出現在翠等人並排的三年一班的隊伍前方。

audition 1
～排練 1～

這個瞬間，春輝一聲「哇咧！」的反應，響徹了整座體育館。

之後的發展也一如眾人所想。

站在講台上的校長，透過麥克風直接點名「安靜點，芹澤同學」，明智則是以「你開心到忍不住大叫出來啊～」調侃。這一刻，春輝八成很想找個地洞鑽進去吧。

「是說，你何必那麼排斥哩。你跟明智老師不是處得不錯嗎？」

「……我們社團的顧問也是咲哥。」

「對啊。所以哩？」

「要是他又變成班導，我跟他碰面的時間就會變多了啊。」

「所以，被調侃的機會也會變多，對你來說很不利！是這樣嗎？」

春輝沒有回答，但他的眉心擠出幾道深深的皺紋。

想必是被翠說中了吧。

正當翠打算繼續開口時，一聲很客氣的「那個……」傳入耳中。

他抬起頭來想確認是誰，但下一刻，翠卻因眼前的光景而整個人僵住。

「對不起，你現在有空嗎？」

「喔，是成海啊。是嗎，我們同班啊。」

「嗯，以後也請你多多指教嘍。」

聽到春輝的回應，聖奈回以一個微笑。

雖然明白聖奈不是在對自己笑，但翠仍感覺心跳在瞬間加速。

（糟糕哩！在這麼近的距離下看到她，就覺得更……更……更什麼啦！）

這麼吐嘈自己之後，翠連忙將視線往下移。

結果，他發現聖奈手上拿著一片外包裝看起來很眼熟的ＣＤ。

錯不了的。那是翠一直很喜歡的某個樂團的第一張專輯。

他有如觸電般抬起頭來，剛好看到聖奈將ＣＤ遞給春輝。

「謝謝你借我這片，芹澤。你推薦的ＣＤ還是一如往常的棒呢。」

「對吧？啊，他們有在春假期間推出一張新專輯……」

audition 1
～排練1～

「我昨天晚上就已經上網買嘍。」

「真的假的？妳只要一迷上某種東西，就會變得很積極耶。」

（真要說的話，我也有預約初回限定版啊。）

儘管這樣較勁也毫無意義，翠還是忍不住這麼想。

應該說，既然這兩人在討論他也喜歡的樂團，那麼，主動加入對話就好了。

雖然腦中很清楚這一點，不知為何，翠卻發不出聲音。

「班會要開始嘍。」

還在猶豫的時候，教室大門被人喀喳一聲打開，明智跟著從走廊上現身。

在開學典禮時穿著很正式的他，現在再次披上了那襲白袍。

「好啦好啦，全都回到自己的座位上吧～」

在明智一聲令下，包括聖奈在內的其他離席的同學，紛紛回到座位上坐好。

翠也從春輝前方的座位起身，轉頭朝黑板上的座位表看了一眼。

座位是照學號依序（註：日本的學號是依照姓氏的起首字母的順序來編號）排列。姓氏開頭是「Ha」的翠，座位落在正中央的最後一排。

「啊，今年一開始坐在我後面的人，果然也是你嗎，翠～」

來到自己的座位就坐後，去年也和翠同班的野宮轉過頭來。

翠隨即朝她豎起大拇指，然後露齒一笑。

「喔！要再借講義給我看喔。」

「我就知道你會這麼說。借你看是沒關係啦，但你也要自己做題目喔。」

「是是是～」

野宮嘆了一口氣，還用一臉傻眼的表情看著翠，但要是翠遇到解不出來的題目，她絕對會詳盡地為他解說、指導。

在去年一整年和野宮同班後，翠徹底明白身為班長的她十分會照顧人一事。

這樣一來，就算是自己不拿手的學科，感覺也不會有問題了。

為了這個幸運的開端而感到興奮的翠，將視線移向身旁的座位。

（好啦～這次坐在我旁邊的是……嗯？嗯嗯？）

出現在視野裡的，是個讓翠難以置信的身影。他不禁定睛凝視對方。

他揉了揉雙眼，接著再次確認。然而，出現在眼前的依舊是那個人物。

翠重複了兩三次這樣的動作，令人不敢相信的是，結果全都一樣。

在翠的身旁挺直背脊坐著的人，正是——

（成……成成……成海？）

不，這一點都不奇怪。

從五十音的順序來看，濱中的「Ha」就接在成海的「Na」之後，所以這也是有可能發生的結果。

儘管翠也心知肚明，但他的腦袋似乎跟不上眼前的光景。

因為過於震驚，他甚至發不出半點聲音，只是愣愣地盯著成海的側臉。

「？」

（啊！糟糕……）

在這麼近的距離之下被盯著看的話，想不察覺這道視線都很難吧。

聖奈不解地轉頭望向翠。

儘管這一切看起來像是慢動作播放，但翠卻完全來不及轉動自己的脖子。

他彷彿被鬼壓床似的動彈不得，就這樣和聖奈四目相接。

「…………」

「…………」

兩人的視線只維持了一瞬間的交會。

因為聖奈在肩頭微微抽動一下之後，便迅速移開了視線。

（不不不，為什麼要這麼用力地撇頭哩！有必要這樣嗎！）

在電車上遇到聖奈時，雖然自己也曾迅速別過臉去，但翠還是忍不住這麼吐嘈。當然，他沒有真的說出來。

（這讓人滿挫折的耶～我的長相看起來有那麼可怕嗎……？）

翠無力地垂下頭，將額頭貼在桌面上。

接著，明智的嗓音像是落井下石般傳來。

「有人看不清楚黑板的字嗎？沒有的話，這個學期就維持這樣嘍～」

維持這樣……意思是……

直到暑假來臨之前，自己的隔壁都會是聖奈了。

這已經不是尷尬兩個字能形容的狀態了。這時，拉動椅子的聲音，以及另一個說話聲，讓翠猛然回神。

「太好了，我坐在聖奈前面的座位！」

「啊哈哈，請多指教喲。」

看到坐在前方的女同學朝自己搭話，聖奈有些害羞地回應她。

從這樣的反應看來，聖奈跟那名女同學應該還不太熟稔，可是，她並沒有像前一刻對待翠那樣，慌慌張張地別過臉去。

（剛才，她也很普通地跟春輝聊天了啊……）

相較之下，聖奈卻連和翠對上視線都不願意。

喜歡那張專輯裡的哪首歌、對演唱會有沒有興趣等等——身為同一個樂團的粉絲，翠有好多想詢問她、想跟她聊的事情。

然而，實際上，他覺得自己恐怕連跟聖奈打招呼都有問題。

（好奇怪哩～為什麼只有成海會讓我這麼緊張啊？）

雖然內心充滿疑問，翠卻沒有半點頭緒。

被蒼太等人戲稱成「交際神人」的他，不知為何，在面對聖奈的時候，就是無法維持平常心。

「……那麼，明天的新生入學典禮結束後，還有新生舊生相見歡的活動，可別遲到了

喔。」

在翠沉思的時候，明智仍繼續交代事項。

察覺到粉筆摩擦黑板的聲音時，翠才連忙抬起頭來。

剛才還有說有笑的其他同學，此刻也都乖乖閉上嘴巴，整齊一致地望向前方。

「要交代的事情就是這些。還有人有問題嗎？」

明智轉身背對黑板，環顧整間教室這麼問道。

等了片刻，都不見有人舉手發問。

接著，在一句「如果沒有問題，我最後再說幾句話」之後，明智突然露出正經八百的表情。

「古人曾說過，『光陰似箭』、『時間就是金錢』。我想，高中生活的最後一年，絕對比你們想像中還要來得短。請各位度過不會讓自己後悔的一段時光。」

引用古人的格言，是明智一貫的作風。

從他平常那在白袍口袋裡塞滿棒棒糖，穿著拖鞋走路時總是發出啪噠啪噠的響亮腳步聲的樣子或許很難想像，但這樣的明智，偶爾會像是突然想起自己的身分似的，說出一些身為老師該說的話。

不過，這種正經的狀態，似乎都無法長久。

像現在，明智一下子就恢復八字眉的表情，然後以平常那種懶洋洋的語氣再補上一句。

「所以呢，在畢業之前，盡情揮灑自己的青春吧。」

「咲哥，你是不是打翻咖啡了？」

春輝像是企圖蓋過明智的訓示般開口。

因為他出聲的時間點很微妙，再加上發言內容讓人摸不著頭緒，整間教室瞬間鴉雀無聲。

翠也說不出半句話，只是錯愕地張嘴盯著春輝。

audition 1

～排練1～

當事人明智則是微微揚起一邊的眉毛，以困擾的嗓音輕喊了一聲「喂」。

「要稱呼我老師才對，芹澤。」

「讓別人看到你這副德性，哪有辦法再開口叫你老師啊。看看白袍的口袋啦！」

「……呃，嗯，這個老師也知道啦。」

「啥？」

「看到老師也有這種少根筋的地方，不會讓人覺得很可愛嗎？」

「啥？說什麼夢話啊！」

聽到明智跟春輝的對話，全班瞬間哄堂大笑。

在分班的第一天，這樣的氣氛可說是相當不錯。

而被戳到笑穴的翠，自然也是一下子噴笑出聲。

（什麼嘛。看來，這個班級可以讓人度過開心的一年哩。）

聽著從右邊座位傳來的輕柔笑聲，翠在內心這麼想。

到了明天，或許，他能夠意外輕鬆地向聖奈道出一句「早安」。

不僅如此，他們還可能會聊喜歡的樂團聊得很盡興。

（……要是這樣就好哩。）

從窗外探進來的風，輕輕將窗簾揚起。

來到東京後的第三個春天就要開始了。

audition 1

～排練1～

星期五到了。
他今天也會出現嗎？
或許讓人有點在意呢。

audition 2 ～排練2～

★ audition 2

～排練2～

跟濱中翠的初遇，發生在為了參加高中新生入學典禮，而搭乘的那班電車上。

和國中時期的友人燈里約好一起上學的聖奈，搭上了八點七分的電車。

第二節車廂。翠坐在靠近車門的座位上，將書包揣在懷中熟睡著。

湊巧站在他前方的聖奈，忍不住開始盯著他看。

不知道是因為春天令人昏昏欲睡的天氣，抑或單純是翠本人睡眠不足，他的睡臉看起來相當舒服又自在。

「為什麼只有我的……這樣哩……」

在電車駛入轉彎處時，翠開始喃喃叨唸起來。

因為發音含糊不清，再加上他仍緊閉著雙眼，所以八成是在說夢話吧。

從那些片段發言聽來，他說的似乎是關西腔。

「所以說啊，為什麼只有我的章魚這麼小哩？」

這次的發言讓人聽得更清楚了。看來，在夢中的這段對話仍持續著。之後，翠持續說著「只有阿爸這樣，太詐了吧～」之類的叨唸。看來，夢中的他似乎是為了章魚燒的內餡而和父親吵起架來。

感覺有點可愛呢。

聖奈這麼想著，然後忍不住笑了出來。

站在一旁的燈里似乎也聽到她的笑聲，於是對聖奈投以「怎麼了？」的詢問視線。

聖奈搖搖頭表示沒事，結果翠又開始低聲呢喃。

「那個不錯哩～」

在夢裡的他似乎發生了什麼好事，臉上因此浮現滿足的笑容。
看到這個笑容的瞬間，聖奈感覺心臟「怦通」地重重跳了一下。

那是第一次。

第二次是沒多久之後隨即發生的事。
在舉辦新生入學典禮的體育館裡，她瞥見了翠的身影。

因為對方穿著看起來很新的制服，聖奈也有猜到這樣的可能性。
但發現翠和自己是同一間高中的新生後，感到驚訝的同時，聖奈的視線也一直停留在他的身上。

翠坐在隔壁班級的行列中，抬頭挺胸地凝望著演講台。

怦通、怦通。
這次，聖奈確實感受到自己的心跳加速。

audition 2
～排練2～

最後，某種像是氣泡迸裂開來的感覺充斥著全身上下，胸口也變得很難受。
儘管如此，她還是無法移開視線，想要一直看著翠。
這是為什麼呢？發生什麼事了？
在新生入學典禮進行時，聖奈一直茫然地思考這些問題。

之後，有好幾次，每當聖奈望向翠時，心跳就會變得特別劇烈。
雖然彼此不同班，也不曾交談過，但每次回過神來，聖奈發現自己的視線總是離不開他。

從某方面來看，他是個相當有存在感的人。

說話嗓門很大，而且還說關西腔。
擅長運動，上體育課時總是活躍不已。
很有主見。無論對方是學長姊或老師，他都能坦率道出自己的看法。
而且，多半的時間都是獨來獨往。
不知是好是壞，或許是因為過於引人注目，讓翠總有些難以融入團體之中。

印象中，這樣的翠，在暑假快要到來之前，出現了一百八十度的大轉變。
變化是在他常常跟同班的春輝混在一起之後出現。
這兩人似乎很合得來，總是聊天聊得很開心。
翠露出笑容的次數變多了。於是，其他同學也自然而然開始聚集在他身邊。

直到國中畢業之前，都一直住在大阪。
升上高中前，因為父母調職，而搬到現在住的地方。
早上總會搭乘八點七分的電車，坐在第二節車廂的座位。

每多了解翠一些，聖奈就覺得莫名開心。
同時，也變得想要更深入認識這個人。
儘管她依然不明白自己會湧現這種想法的理由。

能夠確定的，只有翠是自己「有些在意的人」這件事。

audition 2

～排練2～

不過，到了昨天，聖奈終於察覺到了。

自己的視線為何離不開翠，又為何渴望更了解他？

每當瞥見翠的身影、聽到翠的聲音，為何都會感到心跳加速？

她發現了其中的「理由」。

✦ ✦ ✦ ★☆★ ✦ ✦ ✦

《6：30》

嗶嗶嗶。一陣電子鬧鈴聲響起。

聖奈勉強撐開沉重的眼皮，從毛毯裡伸出手摸索。

雖然把鬧鐘的鬧鈴按掉了，她卻無法像以往那樣迅速下床。整個身體都因睡眠不足而發出哀號。

（再五分鐘……再睡五分鐘應該沒關係吧……）

聖奈將熊貓和白熊的布偶揣進懷裡，打算再睡個回籠覺而闔上雙眼。

接著，這次換成擱在枕邊的手機傳來鬧鈴聲。

為什麼偏偏在今天設定了雙重鬧鐘呢？

對自己昨天的舉動感到不解的她，拿起手機定睛一看。

聖奈似乎還設定了日曆ＡＰＰ，畫面上顯示著「新生舊生相見歡」幾個字。

「哇，得趕快起床準備才行！」

聖奈猛地起身，一把掀開蓋在身上的毛毯。

沒有參加社團也沒有加入學生會的她，除了這類的學校活動以外，就沒有跟學弟妹交流的機會了。或許只是一種自我滿足，但在這種日子，她希望自己能表現得比平常更好。

（而且，我好不容易跟濱中同學分到同一班了呢……）

過去，因為掌握不到契機，所以自己總是在遠處看著而已。

audition 2
～排練2～

現在，兩人變成同學，而且座位又在隔壁。
昨天因為太過震驚，聖奈沒能出聲向翠搭話。她下定「今天一定要成功」的決心。

「我要加油。」

這麼鼓舞自己後，聖奈打開房門。
先洗個臉、好好吃過早餐，再比平常花更久的時間吹整頭髮吧。
希望這麼做，能讓自己多鼓起一些勇氣和自信。

《7：40》
聖奈佇立在玄關的鏡子前，將自己從頭到腳仔細審視一次。
裙子和海軍藍長襪的搭配很完美。
髮型也無懈可擊。
接著，她背對鏡子，再轉頭檢查自己的背影。
沒什麼特別不對勁的地方。這樣應該沒問題了。

最後，她確認了自己的笑臉，然後揹起裝著連續劇試鏡用劇本的書包。

《8：00》

穿越驗票閘門，踩著樓梯往上，目標是第二月台的第二節車廂。

燈里站在兩人約好的老地方，帶著笑容朝聖奈揮手。

「早安，聖奈。」

「燈里，早呼啊～」

原本也想回以「早安」的聖奈，卻不小心同時打了一個呵欠。

她連忙以手掩嘴，但早已聽到她的回應的燈里，忍不住輕笑出聲。

「妳會這樣打呵欠，感覺好難得喔。昨天太晚睡了嗎？」

「嗯……嗯，想看的書一直看不完。」

audition 2
～排練2～

周遭的人也都是一臉想睡的表情。

聖奈忍住想再次打呵欠的衝動，默默等待電車到來。

《8：07》

跟燈里聊天的時候，時間一下子就過去了。

隨著廣播傳來的告知聲，電車駛入月台。

第二節車廂距離電梯跟樓梯都比較遠，在早上的搭車尖峰時段，這節車廂幾乎不會有人在這站下車。

今天，也無人站在車門前方等候。聖奈踏進車廂，並開始尋找翠的身影。

找到了。

翠坐在車門對面最旁邊的座椅上。那幾乎成了他專屬的座位。

當聖奈的欣喜全都表現在臉上時，兩人對上了視線。

不過，也僅有一瞬間。翠隨即垂下頭。

一直都是這樣。

對翠來說，這想必只是下意識的行動吧。

因為車門打開，外頭的乘客陸續上車，所以才會不自覺望向這邊。

要是會有熟面孔上車，就更不用說了。

不過，今天早上，卻有了「後續」。

（濱中同學……他在……看著這裡……？）

換做是以往的翠，應該會直接閉上雙眼，再次陷入熟睡才對。

但現在，他卻張開嘴，抬頭重新望向聖奈所在的方向。

「…………」

「…………」

昨天在電車裡對上視線，以及開學典禮結束後，在教室裡四目相接的情況，就和現在

一模一樣。

雖然沒有說出口，但他們確實都發現了彼此的存在。

（如果現在跟他打招呼，會不會很奇怪呢……）

意識到這一點的瞬間，聖奈感到臉頰開始發燙。

明明只需要一個簡單的契機，卻掌握不到開口的好時機。

「聖奈。」

「！」

肩膀突然被人拍了一下，讓聖奈吃驚地轉過頭。

燈里滿面笑容地站在她背後，像是說悄悄話般輕聲表示「這邊比較空喲」。

「謝……謝謝妳……」

audition 2
～排練2～

「不客氣。今天早上也好擠呢。」

聖奈輕輕點頭，轉身背對翠，伸手抓住燈里身旁的吊環。

在這短短的一瞬間，翠已經將視線移往他處。

（濱中同學剛才好像想說什麼……）

或許，翠其實也想向她打招呼？

如果是這樣就好了。

在內心這麼低喃後，聖奈以右手緊緊握住皮革吊環。

升上高三後，他們被分到同一班，還坐在相鄰的座位上。

儘管跟翠之間的距離一口氣縮短了，早晨電車裡的光景，卻還是一如往常。

已是一片綠意盎然的櫻花樹枝枒，在窗外隨著春風搖曳。

「噯噯！春輝，你們那邊應該會放電影吧？」

✦ ✦ ✦ ★☆★ ✦ ✦ ✦

為了參加在第五堂課舉行的新生舊生相見歡，大家開始移動到體育館。

因為其他班級的學生也移動到走廊，走廊上變得鬧哄哄的。這時，翠響亮的嗓音在整條走廊上迴盪。

（濱中同學的聲音聽起來好開心啊。）

在同一時間踏出教室的聖奈，悄悄朝兩人的背影望去。

「噢，你說社團宣傳活動啊？我是有剪接了一段類似預告篇的影片啦……」

「好詐！太詐哩～！這樣犯規啦～」

「啥？輕音樂社不是也會上台高歌一曲嗎？」

「被駁回了啦！」

audition 2

～排練2～

很過分吧？太沒天理哩。

翠一邊悲嘆，一邊以手扶額，然後仰望天花板。

結果，春輝露出難以形容的複雜表情，喃喃回以「不不不」。

「你說申請被駁回……你原本打算唱什麼歌啊？」

「即興演出。」

「…………啥？」

「站上舞台就會看到今年所有新生的臉對吧！之後再為他們獻唱當下浮現在腦中的歌。這可是身為學長的我的一片苦心哩！就連老師們，也會被捲入這場令人動容的風暴之中喔！」

「嗯，在你腦中的世界。」

聽到兩人一搭一唱的對話，幾名走在附近的學生不禁噴笑出聲。

聖奈也是其中一人。她跟身旁的同班同學野宮笑著互望。

「那兩個人感情真好。」

「對吧~我原本以為，翠也是芹澤同學的兒時玩伴組的成員之一呢。」

說著，野宮聳了聳肩。這樣的她，和「兒時玩伴組」來自不同的國中。

和春輝等人就讀同一間國中的聖奈，也是她升上高中後才認識的。

真要說的話，在升上高三、被分到同一班之前，聖奈幾乎沒跟野宮說過話，但才過了一天，兩人現在卻相處得十分融洽。

（野宮同學給人一種很好搭話的感覺呢。）

對於從以前就有點怕生的聖奈而言，野宮可算是個值得學習的好榜樣。

昨天聽到的野宮和翠的對話，此刻再次浮現於腦中。

去年也同班、然後同樣坐在一前一後的座位的他們，以「要再借講義給我看喔」、「借你看是沒關係啦，但你也要自己做題目喔」和彼此極其自然地對話。

（好羨慕喔~該怎麼做，我才能像那樣跟濱中同學說話呀……）

至今仍無法好好和翠打招呼的聖奈，實在無法想像。

audition 2
～排練2～

「喔哇！怎……怎麼回事哩？」

「對……對不起！」

是翠的聲音。另一道聲音是誰呢？

聖奈抬起頭來。映入視野的，是某個戴著眼鏡、看起來似曾相識的男學生，正慌慌張張地向不知所措的翠賠罪的光景。

似乎是對方為了避開別人而踉蹌了幾步，因此撞上走在後頭的翠。

（那是……綾瀨同學……？）

「你……你還好嗎？」

「小雪～走路時要看著前面啊，不然很危險耶～」

在翠開口回應之前，其他人的聲音先傳了過來。

那個人轉過頭，笑著對將臉上的眼鏡扶正的戀雪這麼說。

儘管對方說話的感覺有點差，身為當事人的戀雪，卻只是苦笑以對。

「喂，綾瀨！」

下個瞬間，翠突然放聲大喊。

他嘹亮的嗓音，讓周遭的人全都轉頭望向他。

在翠的身後目睹這一切的聖奈，嚇得肩頭抽動了一下。

但翠本人似乎並不介意其他人的反應。他雙手抱胸，一臉不滿地繼續往下說。

「讓別人這樣叫你可以嗎？一點都不好吧！」

「對不起、對不……咦？」

「不管怎麼想，都不能叫一個男人『小』什麼的吧！」

「這是你個人的看法啊。如果綾瀨本人沒意見，這也不是旁人能插嘴的事情吧。」

即使在這種情況下，春輝仍沒有被現場的氣氛拉著走，能夠從旁冷靜地發表意見。

聽到他中肯的指摘，翠跟著咕噥一句「這麼說也是」。

另一方面，仍搞不清楚狀況的戀雪，只是愣愣地杵在原地。

audition 2

～排練 2～

「噯，綾瀨。那個『小雪』，是你本人也認同的暱稱嗎？」

「不！我……並沒有……認同……」

「你太不乾脆啦～如果覺得很難開口，我可以幫你大力抗議哩。」

聽到翠的建議，戀雪用力搖了搖頭。

「畢竟我外表看起來也像個女孩子，這或許是無可奈何的事……」

「你在說什麼啊？」

這次換翠愣在原地。

下一秒，他伸手重拍了戀雪的背一下。

然後對著有點站不穩的後者露齒燦笑。

「就算被人家拿外表來說嘴，只要你表現出抬頭挺胸的自信模樣，不就好了嗎？」

「……你……說得沒錯呢……」

這麼喃喃回應之後，戀雪給人的感覺和剛才不太一樣了。

原本被翠的氣勢壓倒的他，現在感覺能好好反芻翠說的每一句話。

（真像濱中同學的作風～）

因為說的是關西腔，所以語氣聽起來有時比較嗆，但翠的發言總給人一種溫暖的感覺。

這想必是因為他有著溫柔的本性吧。

討厭不合理或不公平的事，總是坦率不已。

他一定不曾考慮過利害得失的問題吧。

就算這麼做會對自己不利，他仍會為他人打抱不平。翠就是這樣的人。

所以，他偶爾會給人無法融入群體之中的感覺。

就算跟春輝變得要好、也和身邊的人拉近了距離，這點依舊沒有改變。

然而，翠從未因此動搖過。

就算是在東京會引來注目的關西腔，對他來說，也只是一種「理所當然」和「個人特

audition 2
～排練2～

質」。因此，這兩年以來，無論別人說了什麼，翠仍然堅持自己的一口方言。

這樣的翠，給了聖奈很大的勇氣。

剛開始擔任讀者模特兒時，有很多人為了能跟她共事感到開心。

不過，聖奈也明白，有些人會在背地裡討論「聽說她是靠出版社的人脈進來的」之類的八卦。甚至有部分女孩子會暗中批評聖奈，說她的個性很糟糕。

我跟「大家」是「不一樣」的。

這種曖昧的界線，曾讓聖奈痛苦得快要窒息。

儘管如此，她從未想要辭退讀者模特兒的工作。

她不希望因為在意周遭的眼光，就對自己說謊。

（我想繼續做自己，也想大聲說出自己喜歡的事物……！）

其實，聖奈也很想將這樣的想法告訴翠。

但遲遲提不起勇氣。

近。

（……不能一直逃避下去，得踏出第一步才行。）

就算只能一步步地前進，今天的距離也會比昨天更近，而明天的距離就會比今天更近。

只要繼續這樣走下去，總有一天，她會抵達伸出手便能觸及他的地方。

明天一定要試著跟他道早安。

看著翠挺直身子的背影，聖奈在內心這麼低喃。

為了不讓勇氣從掌心溢出，她悄悄將藏在羊毛衫袖子裡頭的雙手緊握成拳頭。

✦ ✦ ✦ ★☆★ ✦ ✦ ✦

「今年的新生舊生相見歡，氣氛真的好熱鬧啊……」

轉頭望向仍是一片人聲嘈雜的體育館，聖奈不禁這麼自言自語。

雖然想再待久一點，但她之後還有攝影的工作。基於出借場地的店家的要求，聖奈必

須現在就離開學校，否則會來不及。

（不過，能把最在意的社團宣傳活動看完，真是太好了。）

在自己所屬的學年，喜歡這類學校活動的人似乎不在少數。今年的宣傳活動，感覺每個社團都耗費了比往年更多的功夫準備。

尤其是上映了預告短片、春輝等人隸屬的電影研究社，以及在舞台上實際作畫、燈里等人隸屬的美術社，獲得了最熱烈的滿堂彩。

之後，這兩個社團想必都會湧入一大票的新社員吧。

（不過，最厲害的，應該還是濱中同學的輕音樂社吧。）

之前，翠曾說過自己即興獻唱的申請內容被駁回了，但剛才，他仍抱著一把木吉他，瀟灑地出現在直立式麥克風前方。

目睹和活動排程不符的光景，因為疑惑，體育館內部開始出現此起彼落的交談聲。

負責主持活動的學生會成員，也因為愣住而沒能及時出聲制止。

現場瀰漫著並不適合獻唱一曲的氣氛。

站在舞台上的翠理應也感受到了。然而，他沒有因此退縮，自顧自地彈起吉他。

他演唱的曲子，歌詞都在介紹櫻丘高中，而且有趣到讓人忍不住會心一笑。

而翠看起來樂在其中的笑容，更是令人印象深刻。不知不覺中大家也開始跟著打拍子。

（高一的新生看起來也都很開心呢～雖然之後還是挨了老師們一頓罵就是了。）

不禁輕笑出聲的瞬間，聖奈突然聽到一個呼喚自己的聲音。

「哇啊啊啊！是成海學姊耶～！」

「咦？」

（大家應該都還在體育館裡呀……）

因為嚇了一大跳，正在走樓梯的聖奈險些踩空。

她困惑地轉過頭，發現一名有點面善的女孩子正朝自己衝過來。

audition 2
～排練2～

「妳是本人對吧？真的是本人耶～！」

「請……請問……」

從室內鞋的顏色看來，對方是高一的學妹。

個子比聖奈矮一顆頭的她，瞪大一雙閃亮亮的眼睛仰望著聖奈。

「妳太大聲了……先……先冷靜一點吧？」

「啊啊，對不起！在看社團宣傳活動的途中，我因為身體不太舒服，所以一直在保健室休息到剛剛……原本還覺得自己很不走運，但看到妳的背影之後，這些負面想法全都被拋到九霄雲外了！好棒、好棒，能遇到妳，我真的好開心喲！」

這番有如連珠砲一般的發言，讓聖奈找不到出聲回應的時機。

儘管有些不知所措，她還是抓緊對方換氣的瞬間開口。

「呃……妳找我有什麼事嗎？」

這麼詢問後，對方朝她點了點頭。

興奮到滿臉通紅的這名學妹，將兩隻手在胸前緊緊握拳。

「妳一直是我憧憬的對象喲！」

「咦……」

「我……想要變得像成海學姊這樣。」

「謝……謝謝妳。」

「我看過妳參與演出的所有廣告，還有妳出現過的每一本雜誌！之前，妳也曾經擔任髮型模特兒吧？新的髮型也超級可愛……啊！」

對方突然停下重新運作的連珠砲對話，眨了眨自己的眼睛。

「咦？噢，妳說這個髮夾嗎……」

「那個是不是……」

察覺到對方視線所及的目標物，聖奈以手指輕輕撫過它。

繁星和月亮高掛的夜空，鑲嵌在俗稱UV膠的透明樹脂裡。

因為是手工製品，每個成品的顏色，或是鑲嵌水鑽的位置，都有著微妙的不同。這是僅屬於聖奈的一片夜空。

「是我在攝影時配戴的那款。」

「果然是這樣！這是妳的私人物品呀？」

「啊，不是的。因為造型師看到我在攝影棚興奮嚷嚷『這個好可愛』，就說我工作結束後可以直接帶走它。」

「我可以理解！因為這個髮夾真的很可愛呢。」

刊登聖奈戴著這款髮夾的照片的雜誌，才剛出版沒多久。

而且照片尺寸也不算大大張，甚至到讓她覺得有點遺憾的程度。

（可是，她還是注意到了……）

聖奈感覺胸口有種情緒慢慢湧上來。

「嗯？成海學姊？」

「原來妳都有看到啊……」

「當……當然嘍！因為我超級喜歡妳呢！啊，我也有妳出道那期的雜誌喔！之後，我就每期必買，完整地收藏著每一本。」

「咦咦！」

「還有Haniwa堂的布丁廣告，我也真的好喜歡！錄下來看了好幾次之後，我現在連廣告台詞都背起來了，手勢和動作也可以完美模仿出來喔。」

「這……這樣感覺有點害羞耶……」

對方看著聖奈想必已經紅通通的雙頰，疑惑地表示：「是這樣嗎？」

看到這名學妹打從內心感到不解的反應，讓聖奈覺得更害臊，同時也很窩心。

到目前為止，在學校裡，或是上下學的途中，也曾有人向她搭話，在雜誌舉辦活動時，她也數度站在一大群觀眾的眼前。不過，遇上這麼支持自己的熱情粉絲，或許還是第一次。

（原本以為跟她在哪裡見過，或許是我記錯了吧……）

然而，聖奈依然覺得眼前這名學妹給她似曾相識的感覺。

或許，她們其實就讀同一所國中。

因為彼此差了兩個學年，所以就算同校，會一起待在學校裡的時光，也只有短短一

年。就算只有髮型改變，整個人的感覺也可能因此變得截然不同。

「跟我不一樣，妳也很受女孩子的喜愛……」

「對了，妳叫什麼名字？」

聖奈沒聽見對方悄聲說出來的話，不小心和她同時開口。正打算重新詢問時，這名學妹帶著笑容回答了她的提問。

「我是一年一班的高見澤亞里紗！」

「……請多指教嘍，亞里紗學妹。」

「是！」

聽到聖奈用名字呼喚自己，亞里紗綻放出有如花開的燦爛笑容。

但在下一秒，她隨即瞪大雙眼，然後表示「不好意思，突然把妳叫住，還滔滔不絕地說了這麼多」，並朝聖奈輕輕一鞠躬。

最後，亞里紗用力揮手，目送著聖奈離開。

（一開始雖然有點嚇到，但她能來跟我搭話，真是太好了。）

要是錯過這個機會，或許到畢業之前，兩人都不會說上一句話。

聖奈也可能在不知道這個人的情況下離開學校。

想到這裡，她突然發現了一件事。

亞里紗一開始大喊「是成海學姊耶～！」的嗓音，似乎微微顫抖著。

乍看之下是因為興奮，但她或許其實相當緊張吧。

至少，換成是自己的話，在亞里紗所說的「憧憬」、「最喜歡」的人面前，聖奈恐怕無法向對方搭攀談，只會將想說的話默默嚥回肚子裡。

要是搭話之後，對方露出了一臉厭惡的表情呢？

要是沒能順利把話說出口，讓對方留下不好的印象呢？

與其變成這樣，還不如像過去一樣，躲在遠處看著對方就好了。

audition 2
～排練2～

因為不願受傷，自己想必會一動也不動地佇立在原地吧。

（可是，亞里紗學妹不一樣呢。）

她鼓起了勇氣，主動向聖奈搭話。

儘管聖奈沒有露出笑容，只是一臉困惑，她仍拚命向聖奈表達自己有多麼喜歡她。

她踏出了第一步，主動朝聖奈靠近。

（……總覺得，好像被亞里紗學妹從背後推了一把呢。）

我也想加油。

踏出那一步的勇氣，已經存在於自己的心中了。

讓聖奈自然而然湧現「絕對沒問題」的想法。

帶來這段嶄新相遇的春風，將聖奈的裙襬輕輕揚起。

身子變得輕盈的她，踏著輕快的腳步，趕往和經紀人約好的那個車站。

做了
道早安的排練，
戰勝膽小鬼的自己。

audition 3 ～排練了～

audition 3 ～排練3～

窗外是一片萬里無雲的晴空。

既然這樣，黃金週的時候怎麼不一起放晴呢——翠這麼想著，打了一個大呵欠。

之前的假日，他過著完全晝夜顛倒的生活。

「終～於星期五哩……」

「雖然現在才剛上完第二節課就是了。」

從前一堂課的教室走回來的路上，一旁的春輝苦笑著回應翠。

翠舉起拿著課本和文具用品的手，使勁伸了一個懶腰說道：

「這是心情啊，心情的問題！」

「也是啦。可是，之後還有小考啊，真是麻煩。」

audition 3

～排練3～

「…………」

「看你的表情，八成是忘記這回事了吧？」

被他說中了。

看到一下子語塞的翠，春輝聳聳肩表示「果然啊」。

「你這樣沒問題嗎？這個月底還有期中考耶。」

「啊～說得也是哩。」

「順帶一提，下週一就要開始進行生涯規畫調查嘍。」

「哇咧！要寫生涯規畫調查表那種麻煩的東西了嗎……」

去年高二那段痛苦的記憶在腦中復甦，讓翠不禁垮下臉。

因為沒有特別憧憬的職業，所以他當初老實在表格裡寫下「等時候到了再來考慮」，然後提交。結果，他當天就被班導傳喚了。

不得已，翠之後只好又改寫成「考得上大學的話，就繼續念書」。

（說起來，真的有人現在就決定好自己將來要做什麼嗎……？）

不，真的有。而且就近在眼前。

這麼吐嘈自己後，翠偷偷朝春輝瞄了一眼。

春輝的興趣是拍電影。

要進一步說明的話，那是「目前的興趣」。

不過，他曾說過以後也想繼續拍電影、進行相關創作，所以，應該是打算把這些當成真正的職業吧。

「喔，是成海。」

「啥！你你……你幹嘛突然提到她啦！」

因為太吃驚，翠甚至有點破嗓。

為他的反應笑出聲之後，春輝停下腳步，指向窗外表示「你看」。

「她來上學了呢。」

「！」

audition 3

～排練3～

翠一下子撲向窗邊，探頭向外張望。

然後馬上發現了聖奈的身影。

一如往常地將長髮紮成兩束的她，最後消失在校舍玄關處。

翠遠眺著這樣的聖奈輕聲開口。

「……成海的身體不太好哩。」

「是這樣嗎？」

看到春輝彷彿是初次耳聞的反應，雖然有點不解，翠仍然繼續往下說：

「因為，她常常像今天這樣晚到，或是早退啊。」

如果翠的記憶可靠，除了在新生舊生相見歡的活動中途離開以外，聖奈還接連兩天遲到。

再下個星期，以及黃金週之前，她也曾經一整天都不見人影。

現在回想起來，還在念高一、高二的時候，翠也沒有每天早上都在電車裡遇見她。

那並非是他們搭上不同班次的電車，或是坐上不同一節車廂，而是因為她當天完全沒來上學吧。

「既然她不是睡過頭或蹺課，就是身體不好導致的吧？」

「啊～原來是這個意思……」

春輝恍然大悟地喃喃唸道，然後隨即舉起手在面前揮了揮。

「不不不，那是因為她有讀者模特兒的工作啦。」

「咦……當讀者模特兒，還必須跟學校請假嗎？」

「唔，大概視情況而定吧。讀者模特兒的攝影工作，基本上好像都會選在週末或放學後的時段……但那傢伙不是還拍了電視廣告嗎？可能還接了其他各式各樣的工作吧。」

說著，春輝開始折手指數了起來。

Haniwa堂的布丁廣告、ＭＶ的演員，以及聖奈本人研發的假睫毛等等。聽起來五花八門。

簡直是未知的世界。

audition 3

～排練 3～

翠說不出半句話，只能愣愣地張大嘴巴。

「我也沒有詳細問過，但成海好像已經跟事務所簽約了，最近甚至還有連續劇邀請她去參加試鏡。」

「連……連續劇！這樣感覺根本是藝人了嘛。」

「就跟你說她是藝人啦。」

春輝以錯愕的嗓音回應翠，一副「你事到如今還在說什麼啊」的表情。

接著，不知是想到了什麼，春輝臉上浮現不懷好意的笑容。

「是說，既然你這麼在意成海，自己去問她不就好了嗎？」

（如果做得到，我早就這樣做哩！）

雖然想這麼回嘴，翠卻發不出聲音。

要是說出口，感覺春輝就會繼續追問「什麼啊，你自己也這麼覺得嘛。那怎麼不主動跟她說話？」之類的。

（這個問題我也想問好嗎？）

早上，就算在電車裡偶遇，也說不出一句「早安」。

在教室裡，即使就坐在隔壁的座位，他也只能望著聖奈的側臉發呆。

四月就這樣過去，轉眼間已是五月。

（可惡～為什麼我只有在面對成海時，會緊張成這樣哩～）

一旦意識到這一點，就無法將其從腦中揮去。

儘管如此，為了改變現況，翠還是以自己的方式努力著。

在自己的房間、在浴室、在廁所。

為了有朝一日，能以最完美的狀態向聖奈打招呼，翠總是站在鏡子前特訓。

之前，他在學校男廁反覆對著鏡子大喊「早安！」時，剛好在場的優和戀雪還因此退避三舍。

（要到什麼時候，我才能主動跟她搭話哩……）

audition 3
～排練3～

那個樂團新推出的專輯，就這樣一直被翠擱在書包裡。

開學典禮那天，聖奈說她已經上網訂了這片，所以現在應該收到了吧。

為了跟她討論感想，翠老早就把專輯放在書包裡待命。不過，這片ＣＤ什麼時候才有出場的機會呢？

第一次跟聖奈說話，是在畢業典禮當天——

要是演變成這樣，恐怕連翠也笑不出來了。

儘管如此，但要是繼續這樣下去，最後真的可能會出現這種結果。

（不不不！這樣未免也太膽小哩！）

「翠，我說你啊……」

「嗯啊？」

翠抬起頭，發現春輝一臉複雜地看著他。

就算以視線詢問「幹嘛啦」，後者仍沒有回應。

是什麼難以啟齒的事嗎？

翠選擇靜待他開口，結果春輝張嘴看似想要說些什麼，卻又隨即閉上嘴。

重複了這樣的動作兩次後，預備鐘聲響了。

「糟糕，動作得快一點，不然會趕不上下一堂課。」

「……這不是你本來想說的事情吧？」

翠直直盯著春輝這麼指摘。

不過，春輝沒有否定或肯定他的說法，只是對翠笑了笑。

這種欲言又止的態度實在很令人在意。但翠明白，在這種情況下的春輝，對他多說什麼都沒用。

（就耐心等吧。他之後總會說出來的。）

「算了，無所謂啦！」

翠趕上春輝的腳步，抬起腿輕輕踹了他一下。

儘管後者隨即發出「很痛耶」的抗議，但翠決定無視。

audition 3

～排練3～

第三堂課是現代國語。

回到教室後，剛剛才來到學校的聖奈，應該已經坐在隔壁的座位上了吧。

（反正，我一定還是無法主動跟她搭話吧……）

明明只需要一個簡單的契機就好，真是沒出息耶。

某個聲音在腦中的一角這麼嘲笑他。

根本不需要別人來說。

因為翠自己也再清楚不過了。

結論。

凡事都不能夠過度在意。

當翠得出這樣的答案時，教室裡已經響起宣布放學的鐘聲。

儘管打死都不想承認「跟自己預料的一模一樣」，但只看結果的話，今天的他，終究還是在沒能主動跟聖奈說話的情況下，就這樣迎向放學時刻。

當然，翠並非只是茫然眺望著聖奈的側臉而已。

「今天天氣真好哩」或是「能借我看一下課本嗎？」之類的。無論什麼樣的開場白都好，總之，向她搭話吧。用極其普通的態度、就像和其他女同學搭話那樣開口。

儘管他試著這麼說服自己，但似乎只帶來了反效果。

愈是要自己不去在意，情緒就愈是緊繃，然後導致一敗塗地的結果。今天，翠依舊只能目送聖奈步出教室的背影。

（也沒關係吧？不用勉強自己一定要跟她說話啊。只是……只是哩……）

在心中，有個十分渴望和聖奈說話的自己存在，亦是不爭的事實。

就只是單純地在意她。

雖然連翠自己都不明白理由或原委。

（察覺到的時候，才發現自己的視線已經離不開對方。這種現象叫做什麼來著哩？）

「糟啦，翠又露出很逗趣的表情了。」

「揣著吉他，帶著一臉茫然又頹喪的表情望向窗外……真是高難度的表現啊……」

「這樣看來，他等一下就會開始自彈自唱了吧。」

樂團的同伴好像說了些什麼。

不，八成是自己的幻聽吧。錯不了的。

翠不以為意，只是重新抱起吉他。

「啊，看吧！他要開始唱了。」

「說到自彈自唱，在新生舊生相見歡的時候，看到翠上台獻唱，結果來加入我們社團的那些高一生，現在怎麼樣啦？如果不是我的錯覺的話，最近好像沒看到他們呢。」

「那些人有一半都想當吉他手，所以沒辦法組成一支樂團，再加上和弦表又多到記不住，所以就退出了。」

「「「輕音樂社的家常便飯。」」」

三名伙伴異口同聲地迸出這句話，然後又一起大笑。

因為他們的音量大到無法忽略，翠不禁咂嘴之後轉頭。

「我說你們啊！別人正在認真煩惱的時候，你們在旁邊幹嘛啦！」

「煩惱～？就算被老師抓去一對一談話，也不當一回事的你？」

在樂團裡和翠同樣擔任吉他手的鈴木，露出吃驚的表情這麼問道。

一旁的鼓手隈也圓瞪著雙眼。

「既然是翠，大概是在煩惱等等回家路上要去吃什麼吧？」

聽到貝斯手廣道的這句話，另兩名伙伴以拳頭輕敲掌心。

「就是吧。」

「哪是啊！既然這樣，我就把煩惱唱出來給你們聽……」

「「這倒不用了。」」

發言被鈴木和隈默契十足地打斷，讓翠踉蹌了一下。

像這樣有很大的反應，感覺已是他的本能了。

廣道跟著悠哉笑出聲，隨後像是想起什麼似的以「對了」再次開口，同時望向翠。

「翠，你昨天說要借我的那本雜誌呢？忘記帶了嗎？」

「不，我記得，只是……午休時拿出來跟春輝一起看，結果就收進抽屜裡了。」

說起來，似乎有這麼一回事。

因為太在意聖奈的存在，讓翠把這件事忘得一乾二淨。

「搞屁啊！你回教室拿啦。」

「那本雜誌，不是刊登了我們要在文化祭時表演的曲子的譜面嗎？」

「嗚咕！」

鈴木和隈說得沒錯。

討論要在十一月的文化祭表演的曲子時，是翠推薦了自己喜歡的樂團的歌曲。

儘管距離正式上場還有將近半年的時間，但表示要從現在開始練習的人，也同樣是他。

「我知道哩。我現在回去拿，你們趁這段時間調音吧。」

「「「是是是。」」」

回應他的嗓音全都懶洋洋的，無法判斷到底有沒有幹勁。

就算把聖奈的問題暫且拋到一旁，光是這種慵懶的氣氛，也足夠讓翠煩惱了。

（這次的文化祭，是我們四個最後一次一起站上舞台哩……）

翠悄悄嘆了一口氣，將吉他放在桌上，準備返回教室。

✦ ✦ ✦ ★☆★ ✦ ✦ ✦

走下樓梯，正要踏至走廊的時候，翠緊急停下腳步。

因為聖奈的聲音從他的前進方向傳來。

「對不起。在考試期間，我有特別把行程排開……」

「當然要這麼做。」

audition 3
～排練3～

（剛才說話的人是明智老師……？）

翠躲在柱子的陰影處，偷偷伸出頭窺探情況。

看到了。果然是聖奈跟明智。

兩人站在教室大門外頭，前者一臉老實的模樣，後者的表情則相當嚴肅。

「要是像現在這樣，總是以工作為優先的話，之後會很辛苦的人可是妳喔，成海。」

「……是。」

「不，我不是想聽妳這麼回答。」

總覺得自己是第一次聽到明智以這麼嚴肅的語氣說話。

聖奈或許也嚇到了。喃喃唸著「呃……」的她，感覺充滿困惑。

「說真的，明年一月就是大學入學考的時期了。妳似乎希望繼續升學，但這樣下去，妳有什麼打算？難道妳覺得自己進入了演藝圈，只要透過申請入學的方式，應該就不會有問題了嗎？」

從兩人的對話聽來，聖奈好像打算繼續念大學。

不知道她的第一志願是哪間學校？

說不定是女子大學？

就算這樣，他們還是有機會在市內的某處擦身而過，或是在跨校社團交流時見到面。

不對，重點是，自己考得上大學嗎？

深入思考這些的時候，翠突然屏息。

（我這樣是在偷聽吧？）

這樣可不太好。還是先離開這個地方吧。

轉身背對兩人的瞬間，一句刺耳的發言震撼了翠的鼓膜。

「就算想申請入學，也必須針對面試和小論文多加練習。光是露出傻笑，可無法讓妳收到合格通知喔。」

audition 3
～排練3～

這樣未免也說得太過分了吧？

感覺血液直往腦門衝的翠，準備拔腿奔向聖奈的身邊。

就在這時——

「全部。」

聖奈堅定的嗓音在走廊上迴盪。

半晌的沉默後，沒能搞懂這句話的明智輕輕「咦？」了一聲。

從翠目前的所在位置望去，只能窺見明智的背影，但明智現在想必愣愣地張開嘴了吧。

聖奈則是抬起頭，認真仰望著明智的臉。

「我想繼續工作、想繼續享受高中生活，也想上大學……除此以外，還有好多好多想做的事。這些事我全部都很認真看待，不想在嘗試之前就放棄。」

聖奈明確地這麼斷言。

越過明智的肩頭，便能瞥見她的臉龐。聖奈的一雙眸子，透露出無比堅毅的決心。

（……簡直判若兩人哩。）

在翠心目中的「成海聖奈」，感覺臉上總是帶著笑容。

因為，在女生會翻閱的雜誌裡、電視播放的廣告中，或是早晨的電車上，翠看到的，總是笑盈盈的她。

在跟聖奈同班、又被分配到相鄰的座位後，這樣的印象仍沒有改變。

不過，實際上呢？

面對老師的時候，她能夠勇敢說出自己的意見。

而且，聖奈說出來的，還不是像棉花糖那般柔軟甜美的夢想，而是分析過嚴苛的現實後，對於自己所渴求的事物的貪欲。

這樣的聖奈實在太過耀眼，讓看著她的翠不禁再次心跳加速。

audition 3
～排練3～

「我想，事情恐怕沒有妳說的這麼簡單喔。」

「是的。所以，我會努力。」

就算聽到明智壞心眼的提醒，聖奈仍不退讓半步。

她沒有移開視線，反而對明智露出笑容。

（感覺成海比我還成熟很多哩。）

而明智或許也不知該如何回應了吧，沉默跟著籠罩了兩人。

完全錯失退場時機的翠，只能屏息繼續觀看事態發展。

不久後籠罩在明智周遭的氛圍緩和了下來，接著聽到了笑聲。

「妳做得很好。」

說著，明智將手伸進白袍的口袋，掏出一支棒棒糖。

看到朝自己遞出棒棒糖，還說了一聲「請用」的明智，聖奈不禁愣愣地盯著他。

「希望妳不要忘了剛才說過的話，要努力拚到考試結束喔。」

「……啊，是！」

「妳總有過度拚命的傾向，讓老師很擔心呢～即使是感到疲倦、煎熬的時候，感覺妳都只會用笑容來掩飾，向他人表示『不要緊，我還能繼續努力！』這樣耶～」

看到聖奈收下棒棒糖，明智以有些誇張的語氣垂下雙肩這麼說道。

既然這麼想，剛才為什麼還要說那些責備她的話啊。

（……難道明智老師是在試探成海？）

雖然不確定聖奈是否有察覺到這一點，但不管怎麼樣，她的答案想必都不會改變吧。

如果只是想應付當下的情況，不可能流露出那麼真摯的眼神。

「覺得太吃力的時候，我都會說出來呀。」

「是這樣嗎？那就好。」

「……不過，我會多注意的。要是覺得自己撐不下去，我會找燈里她們訴苦，或是約她們一起出去走走。」

「嗯，聽起來很不錯。」

看到明智以滿足的表情點點頭，聖奈以微笑回答「是的」。

目睹這一幕的瞬間，翠感覺心臟猛地抽動了一下。

「這是怎樣哩？」

這句低語沒有傳入任何人耳裡，只是悄悄在他的腳邊落下。

但在這段期間，心跳卻變得愈來愈劇烈。

彷彿是心中的「某個東西」在向翠強調自己的存在。

到了五月，車站外的人行道上，一片新生的翠綠葉片在風中躍動。

若是天氣放晴，看起來一定更賞心悅目吧。

不過，今天很不巧的是陰天。濕氣比平常更重的南風，輕撫過聖奈的髮絲。

（好久沒有在這個時間搭乘電車了呢。）

聖奈在腦中翻閱自己的行事曆，發現剛好間隔了一個星期。

要是錯過星期五（今天），就要等到下星期才能見到翠了。

她緊握著自己心愛的雨傘，快步趕往和燈里相約的第二月台。

《8：00》

今天一定要試著向翠道出一聲「早安」。

儘管這麼下定決心，但在穿越驗票閘門、爬上樓梯的同時，緊張的情緒慢慢變得強

烈。

（真沒出息……）

灰色的烏雲愈變愈厚，感覺就連天空都要落下眼淚。

「早安，聖奈。」

看到燈里出現在兩人約好的地方，聖奈鬆了一口氣。

「早安～今天已經是星期五了呢，時間過得好快喔～」

「因為妳這星期的工作感覺特別忙嘛。今天也會早退嗎？」

「不會，今天休假！放學之後，我可以再去美術教室打擾嗎？之後一起回家吧。」

聽到聖奈的提議，燈里的雙眼一下子閃閃發光。

「哇啊，真的嗎？小夏跟美櫻一定也會很開心～」

跟燈里聊得正開心時，聖奈聽到有人低喃「下雨了？」的聲音。

她轉頭一看，一名身穿西裝的男子從屋簷下方仰頭望向天空。

聖奈隨著他的視線向上看。跟剛才從房間窗戶向外看時相比，天空中的烏雲感覺變得

audition 3
～排練3～

更密集了。

《8：07》

跟燈里閒聊的同時，電車進站的時間也一分一秒逼近。

聖奈朝時鐘偷瞄了一眼，然後深呼吸。

（只要冷靜下來就沒問題。搭上電車後，先找找濱中同學在哪裡……）

如果兩人的視線對上，就朝他露出笑容。

然後再道一聲「早安」，就很完美了。

在腦內進行情境模擬的時候，電車駛入月台。

透過車窗尋找翠的身影時，聖奈不禁「啊」地輕聲吶喊，然後屏息。

人在電車裡的翠，似乎也看到她了。聖奈感覺兩人的視線在一瞬間交會。

（等一下，這樣的時機不對呀……！）

慌忙別過臉的下一刻，冰涼的雨滴打濕了聖奈的臉頰。

audition 3

～排練3～

「啊，下雨了。」

不禁這樣自言自語之後，她才發現自己又搞砸了。

「早安」這句招呼語，已經完全從喉頭蒸發。

聖奈握緊手中的雨傘，匆匆踏進車廂。

明明已經一星期不曾搭過同一輛電車，她卻連望向翠所在的位置都做不到。

（如果太在意「打招呼」這個行為，可能反而不太好呢。）

聖奈嘆了一口氣，輕輕將自己的腦袋靠上玻璃車窗。

傘柄上那顆白天看不到的星星，隨著電車行進不斷搖曳。

✦ ✦ ✦ ★ ☆ ★ ✦ ✦ ✦

提示午休時間到來的鈴聲響起。在這樣的背景音樂中，聖奈趴倒在自己的桌面上。

（果……果然還是很累……呢……）

雖然對自己的體力有自信，但這個星期的行程安排，實在緊湊到令聖奈喘不過氣。

週一到週三的連續三天，她去參加了試鏡。

星期四則是從一大早就開始拍攝突然定案的PV，接著，再由經紀人開車送她到學校的後門，有如滑壘般勉強趕上第四堂課。

到了星期五這天，終於沒有任何工作安排了。

（可是，身為讀者模特兒，這種狀況更是好機會！可不能放鬆休息呢。）

每當快要輸給忙碌的生活時，聖奈總會想起一句話。

「聽說，機會之神的頭上只生著一片瀏海，後腦杓光溜溜的喔。」

剛開始當讀者模特兒時，某位聖奈很憧憬的前輩，在攝影現場告訴她這句話。

前輩接著這麼表示：

「所以，在發現機會的時候，妳必須馬上伸長自己的手喲，聖奈。要不然，就算事後才覺得『我果然還是想要這個機會』，也無法再次抓住它了。」

關於那句話的真義，聖奈的體會一天比一天深刻。

在國中時踏入的演藝圈，是個只有自告奮勇的人能夠掌握機會、然後愈爬愈高的地方。

（雖然每次試鏡都讓人很緊張，但有下決心參加，真的是太好了。）

至今，聖奈幾乎不曾有參加試鏡的經驗。她平常的工作，大概都是源自以讀者模特兒的身分參加活動時，被其他廠商相中而接到的合作邀約，或是事務所直接指派的工作。

到了最近，她開始去參加連續劇或電影的試鏡。

雖然聖奈壓根沒想過要朝戲劇這塊發展，但經紀人仍強烈向她建議「妳絕對要去參加比較好」。

（一開始，我原本還在思考該怎麼拒絕，不過……）

我沒辦法演戲——

看到搖著頭這麼說的聖奈，經紀人的幾句話從身後推了她一把。

「很少看到妳這麼消極的態度耶。為什麼會對自己這麼沒自信呢，聖奈？」

「因……因為……」

面對支支吾吾的聖奈，經紀人笑著表示：

「當然，這需要練習，也必須一輩子都持續學習，但每個人都有『剛開始的時候』呀。所以，妳要不要也試著挑戰呢？」

經紀人一向都是最支持聖奈的存在。

她就像個值得依靠的大姊姊。在聖奈剛成為讀者模特兒的國中時期，也是這名經紀人將她挖角到現在的事務所。她可說是聖奈的恩人。

這樣的她，為了聖奈而爭取到連續劇的試鏡機會。

要說完全沒有不安，絕對是騙人的。不過，聖奈想回應她的期待。

（好像是下星期會發表甄選結果？）

屆時，自己是否已經能和翠道「早安」了呢？

聖奈輕輕嘆了一口氣，轉頭望向左側。

翠沒有坐在隔壁座位上。

因為第四堂課是選修課程，他或許正在別的教室上課吧。

audition 3

～排練3～

「嗳嗳！如果現在衝到福利社，炒麵麵包會不會還有剩哩？」

說曹操，曹操就到。走廊上傳來了翠開心的嗓音。

聖奈彷彿被電到般抬起頭，將視線移向敞開的教室大門外頭的走廊。

「是說，你的便當呢，翠？」

「我投『已經吃掉了』一票！」

「啊～我想也是。那我跟鈴木先過去社團教室嘍。」

「喔。走吧，隈！」

跟他在一起的，是輕音樂社的其他成員嗎？

翠跟一名身材高挑的男同學一起朝階梯跑去。

目送他的背影離開後，聖奈再次趴倒在桌面上。

「我想繼續工作、想繼續享受高中生活，也想上大學……除此以外，還有好多好多想做的事。這些事我全部都很認真看待，不想在嘗試之前就放棄。」

前幾天向明智宣言的內容，此刻刺進她的心裡。

無論是工作、學業、甚至是大考的準備，聖奈都以自己的步調努力著。

然而，唯獨戀愛一敗塗地。

（只有「道早安」的排練，讓我屢戰屢敗呢。）

考量到她總是在付諸實行之前就打退堂鼓這點，恐怕還是因棄權而戰敗。

明明事前已經下定決心，但真正面對翠的時候，聖奈卻總是緊張到發不出聲音。

（我只是想說一句「早安」而已呀……）

光是對方是自己喜歡的人，就足以讓呼吸變得困難。

總覺得，不管是攝影、採訪或是試鏡，或許都不曾讓自己緊張到這種地步。

很自然地、一如往常地、用笑容以對。

audition 3
～排練3～

儘管持續這樣說服自己，身體卻只會變得愈來愈僵硬。

「……早安。」

聖奈試著輕聲道出這句話。

微弱的聲音震動了鼓膜，最後融入她的身體。

「早安。」

再一次。這次，一邊慢慢站起來，一邊說出口吧。

雖然感受到還留在教室裡的其他人的視線，但聖奈已經不在意了。

「早安、早安！早上好！」

每次吶喊出聲，感覺腦袋裡頭就跟著變得清爽起來。

為什麼無法對翠說出一句「早安」呢？
為什麼總是無法在關鍵時刻鼓起勇氣呢？
聖奈一直在思考這樣的事。不過，為這樣的問題鑽牛角尖，似乎原本就是錯誤的。
就算探究自己「做不到」的理由，也沒有意義。
該好好自問的，是「下次能不能繼續努力」才對。
一直努力，直到自己做到了為止。
只要不放棄，持續努力下去，總有一天會成功，然後邁向下一階段。

「安安！Good morning！日安喲！」

這些事我全部都很認真看待，不想在嘗試之前就放棄。
所以，連同戀愛也——

「我得努力才行。」

✦ ✦ ✦ ★☆★ ✦ ✦ ✦

這天放學後，一如早上的約定，聖奈來到美術教室拜訪燈里一行人。

雖然聖奈不是社員，但三人都非常歡迎她。

今天，因為夏樹「難得聖奈都過來了！」的這句發言，讓她擔任了三人的素描模特兒，就這樣在美術教室待到最後放學時間。

「雖然想繞去逛一下再回家，但雨變得好大喔。」

「這樣看來，車站附近那間咖啡廳八成會客滿呢。」

從早上一直下到現在的雨，在聖奈和燈里並肩步出校門時變得更大了。

雨點落在傘面上的聲響，讓她們聽不清楚彼此的說話聲。

「在那裡的人……」

audition 3

～排練3～

「嗯？」

看到聖奈不解的反應，燈里指著某處再次開口：

「在那裡的人是濱中同學嗎？」

「！」

心臟怦通地重重跳了一下。

燈里手指的地方，有著翠在屋簷下躲雨的身影。

他以手扠腰，帶著一副傷腦筋的表情望向天空。

（濱中同學沒有帶傘呀……）

目睹這個光景的瞬間，聖奈的嘴擅自動了起來。

「燈里，那個……」

「慢走喲。」

「咦？」

「妳要去把傘借給濱中同學對吧？」

明明沒說出任何關鍵字，燈里卻已經看透了這一切。

儘管吃驚，聖奈還是點了點頭。

「嗯……嗯。」

聽到她的回應，燈里臉上的笑意更深了。

「我的傘很大，等等我們可以一起撐！我在這邊等妳。」

「謝謝妳。」

以笑容回應燈里後，聖奈趕往翠的身邊。

她收起雨傘，躲進翠所在的屋簷下方。

雖然只是短短的時間，但雨點仍打濕了她的頭髮和臉頰。

應該先躲進屋簷底下再收傘才對——儘管在腦中的一角這麼想，但心跳聲從剛才就好吵，讓聖奈完全無暇思考這些。

不是因為跑步，而是因為她來到了翠的面前。

audition 3

～排練3～

至於翠本人，則是茫然地看著感覺不會停歇的雨勢。

聖奈的腳步聲融入雨聲之中，所以他並沒有察覺到她的出現。

（怎麼辦，心臟好像要從嘴裡蹦出來了……）

因為緊張，她的眼眶甚至有點濕潤。

不過，儘管如此，聖奈仍不打算轉身逃跑。

想踏出最初的一步，就得趁現在。

得說出口才可以。我想說出口。

「那……那個……」

勉強擠出來的嗓音顫抖著。

雙頰彷彿有火在燒那般灼熱。耳朵想必也變得紅通通的吧。

實在是太難為情了，讓聖奈無法抬起頭來。

伴隨著鞋底和砂石的摩擦聲，她感覺到翠轉過身來。

屏息的反應，以及落在自己身上的視線。

聖奈感受到心臟再次用力抽動了一下。

不知不覺中，她再也聽不見原本震動著鼓膜的雨聲。

劇烈的心跳聲，以及因緊張而變得紊亂的呼吸。

還有翠透露出困惑的吸氣和吐氣聲。

只有這些籠罩著聖奈的整個世界。

時間好像停止了似的。

如果繼續沉默不語下去，翠會因為感到不解，而主動向她搭話嗎？

聖奈不自覺浮現了這種消極的想法。

（可是，這樣就沒有意義了……我得鼓起勇氣才行）

聖奈低著頭，朝翠伸出自己的雙手。

audition 3
～排練３～

然後以因緊張、不安而顫抖的唇瓣開口表示：

「請你用這把傘……」

自己的嗓音，究竟有沒有傳達給翠呢？

向前遞出去的傘，仍被聖奈緊握在手中。

（……該不會造成他的困擾了吧？）

這樣的不安從腦海中閃過時，雙手感受到的重量突然消失了。

聖奈吃驚地抬起頭，和收下這把傘的翠四目相接。

「謝……謝謝妳……！」

這個不太自然的嗓音，震動著聖奈的鼓膜。

不知是不是自己多心，翠的臉頰看起來似乎紅紅的。

「…………」

翠帶著一臉欲言又止的表情凝視著聖奈。

不過，手中握著傘的他，仍緊抿著自己的雙唇。

「……那……那先就這樣……」

一鞠躬之後，聖奈從屋簷下方衝出去。

水窪的水在腳下高高濺起。

但她完全顧不了這麼多。

身子彷彿生出翅膀那般輕盈。

如果繼續踏出步伐，感覺整個人都要飛上天空了。

（成功了、成功了～！我主動和濱中同學說話了……！）

雖然只是短短的一兩句交談。

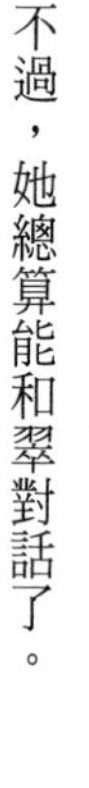
不過，她總算能和翠對話了。

契機來得十分突然。

過去，遲遲無法將「早安」說出口的那些日子，簡直就像一場夢。

（到了下星期一，我能不能跟他聊更多呢？）

一定可以的。

因為她鼓起勇氣，順利揪住了機會之神的瀏海。

聖奈滿懷著這樣的期待，回到等待她的燈里的傘下。

——這天晚上，聖奈作了一個夢。

因為她平常幾乎不會作夢，所以總覺得有些不可思議。

在夢中，有兩個看起來很開心的人。

那一定就是翠跟自己吧。

audition 3

～排練3～

這樣的夢境會成真嗎？

試著讓它成為現實吧。因為我想這麼做。

聖奈再三回味著輕飄飄的夢境，暗自下定這樣的決心。

（我果然是在正式上場時，就會變得很強的男人哩～）

週末假期結束後的星期一。在玄關穿上鞋子的翠，滿足地點了點頭。

和聖奈值得紀念的第一句對話，不是他練習了老半天的「早安」，而是在不曾排練的狀況下，第一次就成功說出口的「謝謝妳」。

翠閉上雙眼，星期五發生的事再次浮現在腦海之中。

「請你用這把傘……」

聖奈以幾乎完全被雨聲蓋過的音量這麼表示，然後將傘遞給他。

簡直不像真的。

不，雖然這的確是現實沒錯。

還是說，這該不會只是自己的一場妄想？

不可能。他狠狠擰了自己的臉頰之後，痛到差點叫出聲，便是最好的證據。

最重要的是，他的手上握著聖奈的那把傘。

週末時，翠一直重複著這種毫無意義的自問自答。

要為這樣的行為找藉口的話，或許可說他是一直處於如夢似幻的感覺當中，所以忍不住再三確認吧。

翠完全沒想到聖奈會主動向他搭話，更別提把自己的傘借給正在躲雨的他了。有誰能預料到這樣的發展呢。

而且，他還必須執行將這把傘物歸原主的任務。

星期五那天，光是以「謝謝妳」回應聖奈，就讓翠耗盡所有力氣，不過，他已經鼓起

幹勁，想著下一次要跟對方聊更多。

（雖然也有可能因為成海要工作，而無法跟她見到面就是了。）

不過，反過來想的話，無論「關鍵時刻」在什麼時候造訪，或許都不奇怪。

翠揹起書包，望向擱在鞋箱上頭的傘。

星期六中午被翠放在陽台曬太陽之後，它現在已經是完全風乾的狀態了。

將傘收進房間裡後，翠仍把它擱在窗邊通風，之後才小心翼翼地將傘整齊收攏，然後扣上傘帶。

（既然連沒練習過的台詞都能說出口了，下次可要更加油哩……！）

翠緊握著傘，用力打開玄關大門。

目標是八點的電車。

在萬里晴空之下，翠邁出大大的第一步。

audition 3
～排練3～

《8：00》

第二節車廂。自己最中意的特等席空著。

在一瞬間的猶豫後，今天的翠選擇站著。

這樣的話，等到聖奈上車，才能立刻上前向她攀談。

《8：07》

電車駛入月台。

在候車隊列中，聖奈一如往常地站在最前方。

對側車門敞開的同時，翠明白兩人的視線對上了。

望向他的聖奈，似乎張嘴輕輕地「啊！」了一聲。

（就是現在！）

翠對著彷彿黏在地板上、一動也不動的雙腳下令。

然後緩緩朝聖奈遞出自己小心翼翼握在手中的傘。

audition 3

～排練3～

「這個！謝……謝妳。」

「嗯……嗯。」

「還有，那個……」

像是重新還原上週五的場景般，翠的嗓音再次顫抖起來。

手腳和身體也因為緊張而不聽使喚。

（我這個呆瓜！之前那樣反覆練習，不就是為了這一刻嗎！）

為了抑制吵死人的劇烈心跳聲，翠緊緊揪住自己的襯衫。

這種時候，得先深呼吸才行。

然後從顫抖的喉頭擠出聲音。

一、二、三！

「早安。」

終於，說出來了。

翠不由得放鬆緊繃的雙肩，表情也跟著舒展開來。

（糟糕，我放鬆過頭哩……！）

他連忙恢復一臉認真的模樣，並偷偷窺探聖奈的反應。

聖奈握著傘，眨了眨那雙水靈的大眼。

接著，她原本僵硬的表情漸趨柔和，最後變成一個軟綿綿的微笑。

就像花苞緩緩綻放那樣。

「早安。」

「！」

看到露出笑容的聖奈同樣以「早安」回應，翠幾乎無法呼吸。

下個瞬間，心臟再次劇烈抽動起來。

audition 3
～排練3～

（又來了。跟那時候一樣耶。）

翠回想起約莫兩星期前的事。

在放學後的教室外頭，他目睹了聖奈和明智討論生涯計畫的場景。

那天，看到聖奈的笑容，翠的心臟同樣躁動不已。

（這難道……難不成就是……？）

他知道胸口湧現的這股感情叫什麼名字。

翠很確定這一點。

（原來……我喜歡成海啊。）

audition 4 ～排練4～

連沒練習過的台詞都能說出口，
可要更加油才行。
看著最喜歡的妳，
光是這樣已無法讓我滿足。

audition 4

～排練4～

原本覺得期中考才剛結束，結果一轉眼已是六月。

雖然氣象局尚未發布關東地區進入梅雨季的消息，但或許只是時間問題了吧。

從瀏海捲曲的程度來判斷，感覺明天就會發布了。

（這個季節又到了啊～有夠麻煩哩……）

坐在視聽教室裡的翠，抬頭望向窗外一整片厚重的雲層，不禁嘆了一口氣。

他有自然捲，因此，這個讓濕氣增加的時期，可說是他的天敵。

就算耗費寶貴的晨間時光，把髮型整理到最完美的狀態，到了午休時間，髮尾總會再次陷入亂七八糟的捲翹狀態。

（去燙直就行了嗎？不過，這麼做的話，又可能會讓頭髮變得很塌耶～）

audition 4
～排練4～

不管怎麼說，還是得趁早想好對策才行。

要是因為濕氣而變成爆炸頭，那可就太遜了。他不能讓聖奈看到這副模樣。

絕對不能。

「翠今天的表情又更逗趣了耶。」

「揣著吉他、一臉認真地坐在窗邊……擺明是要我們偷拍他吧？」

「唔～該拍照還是錄影啊？讓人很猶豫耶。」

「哈哈！要是拍得很成功，就把檔案傳送給廣道吧。」

「別這樣啦。要是害他笑到沒辦法打工怎麼辦～」

一如往常地，似乎傳來了鈴木和隈悠哉的談笑聲。

他抽動了一下眉毛，但還是決定裝作什麼都沒聽到。

反正，要怎麼度過社團活動的休息時間，是每個人的自由。

「是說，他這次又在煩惱什麼了啊？在期中考之前，他不是一副完全靜不下心的樣子

嗎？」

「啊～確實是呢……那時，他經常一邊傻笑、一邊唱謎樣的歌嘛。」

你說誰經常傻笑啊。

再說，什麼叫謎樣的歌啊。明明就是名曲。

在內心不滿地吐嘈時，鈴木令人無法忽略的發言傳入耳中。

「沒錯沒錯，只是不斷重複『早安』的那首歌。」

「除了『早安』以外，還有其他的歌詞啦，呆瓜！」

翠不由自主地出聲吐嘈。

結果，兩名同伴以疑惑的表情回以「是這樣嗎」、「我沒印象了」的反應。

這樣就沒辦法了。只好實際讓他們聽聽那首歌。

「早安！早安、早安、Good morning！今天也是好天氣，你早哇～！」

audition 4

～排練4～

在順利和聖奈互道「早安」的那天，翠使出渾身解數創作了這首歌。

到了最後，以華麗的動作留下一段空白結尾後，兩名社員獻上了掌聲。

掌聲之所以聽起來稀稀落落，八成是因為他們過於感動，無法好好活動雙手導致的吧。

「不管怎麼看，他的表情都在傻笑吧？」

「吉他的音色聽起來也很浮躁。」

「給我住口！聽好啦，音色是來自演奏者的內心！」

「──所以？」

「意思就是我現在很幸福哩。」

自從能對聖奈道「早安」的那天開始，翠的世界就改變了。

不過，兩人的距離其實並沒有戲劇化地縮短，和聖奈面對面時，翠也仍舊緊張不已。

覺得打招呼已經是自身極限的他，至今依然無法對聖奈祭出那個樂團的話題。

儘管如此，對翠來說，自己還是前進了一大步。

「翠～不好意思喔，打擾你沉浸幸福時光。不過，現在方便討論一下嗎？」

鈴木帶著一臉認真的表情舉手發言。

「啥事？」

「關於要在文化祭上演唱的歌曲數量，五首歌果然還是太多了吧？」

這明明是之前才剛開會討論出來的結果，為什麼突然又反悔了？

更何況，雖然他說「果然」，但去年同樣是演唱五首歌啊。

看到愣住的翠，鈴木苦笑著繼續說道：

「呃，我們其實也很想這麼做啦。畢竟這是高中生涯最後一次的文化祭啊。」

「既然這樣……」

「可是啊，我們今年已經高三了嘛。我跟隈都得參加補習班的暑期輔導，廣道也會因為就職活動而變得很忙，所以，大家恐怕沒有那麼多的練習時間。」

在鈴木之後，隈接著開口：

audition 4

～排練4～

「之前開完會後，我們也跟廣道討論過這件事。那時，我們感覺是順勢就贊成了這個決定呢……真的很抱歉。」

至少，翠是這麼認為的。

不過，翠並沒有湧現想責備這兩人的想法。因為他們的說詞「很有道理」。

感覺像是腦袋挨了一股重擊。

（這是……怎樣……）

然而，自己能不能接受這樣的意見，又是另外一回事。

翠拚命讓大腦運轉，想試著尋找其他解決的方法。

（就算減少歌曲數，也能顯得爆發力十足的演唱會……啊！）

他想到了。雖然想到了，但這絕對是很大的賭注。

猶豫半晌後，翠露出嘴角上揚的表情。

「這樣的話，就減少到三首，其中一首再挑我們的自創歌曲吧。」

「咦……自創歌曲沒辦法吧。」

「對了，三首都挑翠喜歡的那個樂團的歌吧！廣道一定也會贊同的。」

「……只表演一首自創歌曲也可以喔。」

「「啥？」」

看到翠這麼堅持表演自創歌曲，鈴木和隈雙雙吶喊出聲。

還露出一臉難以置信的表情。

看到這兩人的反應，翠的決心差點被推翻。但他仍笑著這麼表示：

「你不是也說了嗎，鈴木？這是高中生涯最後一次的文化祭。我們就卯起來搖滾一曲吧。」

「你……你說得倒簡單了。但誰要負責作詞作曲啊？」

「我。」

這個瞬間，沉默籠罩了三人。

audition 4
～排練4～

看到翠以眼神詢問「幹嘛啦」，兩名社員嘆了口氣。

「翠，你不也是準考生嗎？」

「這次的期中考，你有說自己古典文學不及格吧？」

「對啊，課後輔導從什麼時候開始？」

「……………我記得好像是明天？」

「為什麼這麼不確定啊～」

聽到鈴木的吐嘈，隈在一旁拍手大笑。

他們或許是刻意表現出誇張的反應吧。感覺三人之間緊繃的氣氛緩解下來後，翠聳聳肩繼續開口：

「就是這樣哩。所以，在參加課後輔導的期間……」

原本想接著說「我會比較晚過來社團」的時候，鈴木隨即點頭表示同意。

「知道啦，社團活動你就暫時休息吧。」

「呃？等等，我不用特地休息啊。」

「不不不，你先專心上輔導課啦。你也不想留級吧？」

「廣道也說他下個星期打工會比較忙，這樣剛好啊。」

贊成鈴木意見的隈在一旁幫腔。

（什麼嘛，隨隨便便就說要暫停社團活動……！）

翠沒有隱藏自身的不滿，直接不悅地嘟起嘴。

不過，畢竟造成這種情況的人正是他自己，所以翠也無法以強硬的態度抗議。

「等我的輔導課結束了，再來針對文化祭開會討論一次！你們給我洗乾淨脖子等著！」

「「是是是。」」

audition 4

～排練4～

隔天，明智的古典文學課後輔導開始了。

除了翠以外，還有幾名期中考不及格的同學一起上課。

其中，出現了令他意外的一名人物。

（為……為什麼成海也在這裡？）

一開始，他還以為是自己看錯了。然而，坐在隔壁座位上的，的確是聖奈本人。

就算因為工作而不得不向學校請假，她也不會像翠那樣在課堂上打瞌睡，作業或報告也從來不會遲交。

他無法想像這樣的聖奈考試會不及格。

「喂，濱中。看黑板，不要發呆。」

正當翠愣愣地盯著聖奈看時，站在講台上的明智開口了。

翠嚇得雙肩一震，連忙將視線從聖奈身上移開。

然而，這實在令他在意得不得了。

在這之後，翠依舊不時朝隔壁的座位偷瞄。

聖奈挺直背脊，一雙眼睛直直望向黑板。

她完全沒有察覺到翠的視線，只是專心致志地聽著明智的講解內容，並不時以自動筆在手邊的講義上飛快做筆記。

（……不成，我也認真點吧。）

在轉換心情認真聽講後，時間很快就過去了。

交代了習題後，今天的輔導課便告一段落。

明智說了一句「還想問問題的人，之後到國語準備教室來」，便步出教室。學生們也接著陸陸續續離開。

翠以眼角餘光觀察著現場的情況，安靜地從椅子上起身。

（在這種時候跟她搭話，應該不至於太奇怪吧？）

翠按捺著躁動不安的心情，走到聖奈的桌前。

audition 4
～排練4～

「辛……辛辛……辛苦了！」

「……你也辛苦了，濱中同學。」

聖奈露出害羞的笑容，同時以溫柔的語氣輕呼翠的姓名。

僅是如此，他的心跳就瞬間加速。

受到方才的衝勁促使，翠繼續開口向聖奈搭話。

「妳怎麼會來參加哩？」

「咦？」

「就是……那個……看到妳來上課後輔導，我挺意外的。」

感覺很會念書的聖奈，讓翠無法想像她會拿到不及格的分數。

在翠支支吾吾半天後，聖奈看似有些困擾地皺起眉頭。

「……其實，我古典文學的學分有點危險呢。」

「啊……啊～因為妳的工作很忙嘛。」

聽到翠的回應，聖奈輕輕點頭。

「其他的學科，老師們願意讓我用多交報告的方式來彌補，但我覺得還是要實際聽講比較好。所以，這次就拜託明智老師讓我參加古典文學的課後輔導。」

（太認真了吧！）

無須出聲吐嘈，聖奈的個性就是認真到這種程度。

翠原本就覺得她是個踏實努力的女孩子，沒想到事實更超過自己的想像。

（跟在生涯規畫調查表中寫下「考得上大學的話，就繼續念書」的我，完全是不同次元的人哩……）

「那……那你呢，濱中同學？」

「我？我是穩定的不及格組啊！」

莫名得意地說出這句話之後，翠幾乎想要抱頭慘叫。

聖奈先是圓瞪一雙大眼，接著輕笑表示「這種穩定不行啦」。

（嗚哇……嗚哇啊啊啊！超級可愛～）

audition 4
～排練4～

對於自己能在這麼近的距離之下目睹聖奈的笑容一事，翠在內心一邊感謝上天，一邊「呃……咳咳！」裝模作樣地輕咳一聲。

「不……不過，在輔導課最後一天的小考，我打算認真準備哩。」

「這樣呀。」

「嗯。要不然，可能連暑假都得來學校了……這是高中生涯的最後一個夏天，可不能把它耗費在補習上哩。不行~絕對不可能！」

在一番高談闊論後，翠發現聖奈露出一臉想要說些什麼的表情。

他微微歪過頭，以「嗯？」的視線詢問她。

接著，直直盯著他的聖奈緩緩開口：

「那……那個，如果你不嫌棄的話，等暑假到了……」

翠沒能把聖奈的這句話聽完。

因為她擱在桌上的手機開始震動。

從震動時間比較長的狀態看來，應該不是簡訊，而是來電通知。

聖奈先向翠說了一聲「不好意思喲」，然後才接起電話。

「喂？工作辛苦了。咦？是的，輔導課已經結束了，所以沒問題！」

「啊，是我的經紀人。」

身為局外人的自己，在旁邊聽她們說話或許不太恰當吧。翠這麼想著，返回自己的座位上。

將桌上的文具和講義胡亂塞進書包裡的時候，翠也感覺到坐在旁邊的聖奈開始收拾書包的動作。

（輔導課才剛結束，她就要趕著去工作了嗎……）

「時間提早了是嗎？因為還要從車站走到攝影棚，坐計程車或許會比較保險？……啊，那我在學校的後門等妳。」

聖奈對手機另一頭的通話對象輕輕點頭致意，又說了一句「麻煩妳了」之後，才結束通話。

「……妳接下來有工作啊？加油哩。」

「謝……謝謝你！」

說了。我說出口了。

這次，我的聲音沒有顫抖，聖奈也以笑容回應我。

（我剛才跟她說話，應該是有史以來表現最好的吧？）

話雖如此，從剛才的手機通話聽來，聖奈恐怕在趕時間。繼續把她絆住可不好。自己還是趕快先離開吧。

翠一把拎起書包，朝教室大門走去。

不過，走沒兩三步，聖奈便出聲喚住了他。

翠轉身，和滿臉通紅的她四目相接。

「呃，那個……我剛才說的……」

（剛才說的？噢，對了，她有說暑假什麼的嘛。）

翠停下腳步等聖奈繼續往下說，但後者卻遲遲沒有開口。

或許是很難以啟齒的事情吧。

翠試著避免語帶催促，盡可能以柔和的口氣問道：

「怎麼了嗎？」

「……對……對不起，沒事！明……明天見。」

「呃……噢……？明天見哩。」

聖奈點點頭，緊握著書包的提把，從翠的身旁奔跑離去。

在搖曳的髮絲之下，她紅通通的耳朵若隱若現。

（成海該不會發燒了吧……）

她剛才臉頰看起來也紅紅的。原來是因為發燒了嗎？

audition 4
～排練4～

「啊～！那本是最新一期嗎？」

「沒錯沒錯，昨天才剛出版的呢。看到封面是聖奈，我就買下去了。」

走廊上傳來女孩子興奮嚷嚷的聲音。

聽到聖奈的名字，讓翠不禁豎起耳朵繼續偷聽。

「聽說，這是第一次有讀者模特兒登上封面。」

「那很厲害耶。」

「對吧！而且這期還有她的特輯喔。」

「感覺她現在是當紅炸子雞呢。之後或許會推出ＣＤ也說不定。」

「我個人比較希望她參與連續劇的演出～」

每當她們開口，翠就有種胸口彷彿被緊緊掐住的感覺。

等到完全聽不見這兩人的聲音後，他在原地慢慢蹲坐下來。

「……ＣＤ跟連續劇什麼的，感覺完全是藝人了嘛。」

要是春輝也在這裡，大概會像曾幾何時那樣笑著回應他「就跟你說她是藝人啦」。

翠也明白聖奈是一名藝人的事實。

只是，他或許在內心某處踩下了煞車，讓自己不去深入思考這個問題。

（因為……這也是無可奈何的啊。）

還是個國中生的時候，「成海聖奈」就開始承接演藝圈的工作，最近也變得愈來愈有人氣。

相較之下，「濱中翠」只是一名隨處可見的高中生。

倘若這樣的自己喜歡上她，會變成什麼情況呢？

無論怎麼想，這都會是一場「不登對的戀情」。

audition 4
～排練4～

（……可是，都已經喜歡上了，哪有什麼辦法啊。）

不管登不登對，他並不是因為這種原因才喜歡上聖奈。

如果想讓聖奈轉頭望向自己，就只有努力一途。

（更何況，我的字典裡可沒有「放棄」這個字眼哩！）

窗外的夕陽逐漸西沉。

儘管如此，天空中仍殘留著一抹蔚藍，讓翠茫茫然地浮現「夏天馬上就要到了呢」的想法。

「在暑假，如果至少能見到一次面就好了。」

不自覺道出這樣的消極發言後，翠不禁苦笑。

為了激勵這個不爭氣的自己，他以雙手用力拍了拍臉頰。

「像個男人一點啊，濱中翠……！」

意外的是，機會馬上就出現了。

隔天早上，聖奈在一如往常的時間點搭上電車。

而且，身旁還罕見地少了燈里的蹤影，只有她一個人。

「我能坐在你旁邊嗎？」

「請坐！」

反射性地這麼回答後，翠的腦袋卻陷入了混亂。

聖奈的發言在他的腦中不停打轉。

在這段短短的時間，右方的座位稍微下沉，讓他明白有人坐了下來。

audition 4
～排練4～

翠轉動自己僵硬的脖子。

接著，映入視野的光景，讓他瞬間屏息。

「…………」

「…………」

在這麼近的距離之下，他不可能會認錯人。

此刻，坐在自己隔壁的人，正是聖奈。

（啥？咦？等……為什麼啊？不是還有很多空位……）

至此，他察覺到一件事。

這或許正是自己的大好機會。

翠以眼角餘光偷偷觀察聖奈的狀態。

她低著頭，雙手緊緊捏著自己的裙襬。

雙唇輕啟，又闔上，像是想要說些什麼。

（這種時候，該不會由我主動找話聊會比較好？）

然而，愈是焦急地想著必須說些什麼，嘴巴就變得愈乾。

腦中也是一片空白。

這樣糾結老半天之後，車廂裡傳來了廣播聲。

再不快點開口，電車就要抵達目的地了。

（不是叫你像男人一點了嗎，濱中翠～！）

翠將雙手用力握拳，然後猛地抬起原本低垂的頭。

在深呼吸過後，他從不斷打顫的喉頭擠出聲音。

「……可以……嗎？」

「咦？」

「可以跟妳要手機號碼嗎？」

「手機……」

audition 4
～排練4～

或許是因為太突然了，聖奈只是愣愣地重複翠的要求。

下一刻，她輕笑出聲。

（她……她在笑我——？）

自己說了什麼奇怪的話嗎？或者純粹是剛才的說法有問題？

原本因緊張而漲紅的一張臉，現在變得更灼熱了。

不過，接著傳入耳中的，卻是聖奈開心的嗓音。

「……我們想的事都一樣呢。」

聖奈露出羞澀的笑容。

以眼角餘光瞥見這一幕之後，無法發出的慘叫聲瞬間湧上翠的喉頭。

（啊～真是的～什麼跟什麼啦！太可愛哩～）

坐在座位上的翠彎下上半身，整顆頭用力抵著腿上的書包。

「哇！濱中同學？你怎麼了？」

「……謝謝妳。」

雖然這樣很遜，但總比讓聖奈看到自己一臉傻笑的模樣要好。

翠這麼想著，一動也不動地輕聲開口。

儘管聲音聽起來不太清楚，但想必一定傳入聖奈耳中了吧。

再次深呼吸之後，他悄悄轉動眼球望向聖奈。

結果，因為聖奈恰巧也注視著翠，兩人的視線紮紮實實地對上。

「！」

翠凝視著聖奈，幾乎連怎麼呼吸都忘了。

相較之下，聖奈慌忙移開視線，飄忽不定地看著別的地方，下一刻，她又重新望向翠露出笑容。

儘管只是在轉眼之間發生的事情，翠仍感覺到自己的臉頰瞬間變紅。

audition 4
～排練4～

（我絕對、絕對要跟她聯絡……！）

翠緊緊握住手機，在內心暗自發誓。

因為，這正是讓他在暑假也能和聖奈相約見面的「門票」。

✦ ✦ ✦ ★☆★ ✦ ✦ ✦

「可以跟妳要手機號碼嗎？」

聽到翠這麼開口，聖奈覺得有點難以置信。

當然，她覺得很開心。因為自己也正打算這麼開口。

彷彿兩人心意相通的感覺，讓她心跳加速不已。

然而，在那之後，她跟翠一直保持著沒有聯絡彼此的狀態。

在交換手機號碼的當下，兩人互傳的「請多指教喲」、「請多指教」的訊息，便是他們最初，也是最後的交流。

（總覺得時機好難掌握呢……）

如果要用通訊軟體聊天，她希望能冷靜下來、好好思考自己打出來的文字內容，再將它發送出去。

然而，在工作接連不斷的現在，聖奈很難確保一段悠閒的時光。

實際上，她今天也有攝影的工作。

儘管數度拿起手機，但休息時間總在她鼓起勇氣之前就結束了。

「那麼，現在開始休息十分鐘～！」

工作人員的聲音在攝影棚中迴盪。

回以一句「大家辛苦了」之後，聖奈便趕往手機放置的地方。

（不知道濱中同學現在忙不忙？）

audition 4

～排練4～

她望向攝影棚裡的時鐘，發現已經過了晚上九點。

雖然覺得翠應該還沒就寢，但他有可能正在看電視，或是忙著寫輔導課的習題。比起打電話，傳簡訊或許會比較好？

「聖奈，辛苦嘍！感覺妳今天的狀況很不錯耶。」

直到剛才都不見人影的經紀人回來了。

她帶著滿面笑容輕拍聖奈的肩頭。

「謝謝妳。」

「好啦，我們去休息室吧。我有一個大好消息要告訴妳呢。」

沒等聖奈回應，經紀人隨即邁步走向休息室。

之前。經紀人曾交代她「多跟工作人員交流比較好」，因此就算到了休息時間，聖奈仍傾向留在攝影棚裡，基於這樣的原因，看到經紀人方才的態度，讓她有些不解，看來是

有什麼要私底下討論的事吧。

而且，經紀人的臉上也掛著跟「大好消息」這種字眼相符的滿面笑容。

「我也是剛聽到這個消息。剛才啊，有一通電話……」

經紀人一邊打開休息室大門，一邊以雀躍的語氣開口。

身為已經成功栽培出好幾名藝人的資深經紀人，這麼亢奮的她，聖奈或許還是第一次看到。她要宣布的，可能真的是個重大的消息吧。

聖奈跟著她的腳步踏進休息室裡，有些緊張地開口問道：

「發生什麼事了嗎？」

「其實……妳通過之前那場電影試鏡會的最終選拔了喲！」

「真……真的嗎！我被選上了？」

「嗯，妳成功嘍。」

被帶著笑容的經紀人拍了拍肩頭後，聖奈感覺有點站不穩。

實在是太難以置信、又太令人震驚了，整個身子變得使不上力。

「不過呢！妳擔任的不是女主角，而是女主角的摯友。」

「咦？可是我……」

「似乎是導演推薦妳的。理由是因為妳的笑容很棒。」

「……！」

（原來，在那時候，現場也有願意好好看著我的人嗎……）

決定參加試鏡後，聖奈便卯起來拚命練習，但直到結果揭曉之間，她一直都覺得很不安。

audition 4
～排練4～

在選拔會場裡，有很多平常就會在連續劇或電影中露臉的演員，以及在舞台表演或音樂劇中表現活躍的人。

儘管聖奈也以讀者模特兒的身分待在演藝圈，但她完全沒有真正的戲劇演出經驗。

基於經紀人「要嘗試的話，就挑戰女主角吧！」的建議，聖奈參與了女主角的試鏡。

不過，關於自己還不夠格的事實，她再清楚不過了。

（可是，這樣的我，還是得到了角色……怎麼辦，我真的好開心喔。）

「暑假就會開始拍攝了。距離現在只剩下一個月半的時間……」

「在這之前，我會更努力磨練演技！」

回過神來的時候，聖奈才察覺自己已經吶喊出這種強勢的發言。

經紀人先是吃驚地圓瞪雙眼，隨後便輕笑出聲。

「嗯，這麼做很好。真的很恭喜妳喔。」

發不出聲音的聖奈，只能用點頭做出最大的回應。

在這段短短的時間裡，真實感變得愈來愈強烈，讓她有種好想拔腿狂奔的衝動。

（我又能演戲了。而且這次的戲份會更多……！）

想到這裡，她變得坐也不是、站也不是。

當初在選拔會場緊張到不行的經驗，簡直像一場夢。

「所以，今年的夏天會變得更忙碌嘍～」

audition 4
～排練4～

說著，經紀人從套裝的口袋裡掏出手機。

「昨天，我也收到了雜誌主辦的那場活動的詳細內容。舞台表演似乎會和去年大不相同呢。他們說想安排歌唱和小短劇的演出。」

「果然是這樣呀。」

之前，在攝影現場時，聖奈也曾聽雜誌編輯們提及此事。

看到大家鼓足幹勁的模樣，身為一名參加者，聖奈也很期待這次的活動。

話雖如此，但因為自己也是表演者之一，所以可不是單純去到會場就好。

「跟去年比起來，這次需要更多的練習時間了。」

「說得也是……不過，這樣或許剛好。」

經紀人後半段的發言，聽起來像是自言自語。

看到聖奈不解地微微歪過頭，經紀人神情認真地再次開口：

「我想，不用我刻意提醒，妳應該也明白才是……對妳來說，現在是相當關鍵的時期。要一直當個讀者模特兒，或是爬向更高的地方——今年夏天，就是妳決一勝負的時候。」

聖奈一下子不知該如何回應。

之所以會語塞，並不是因為經紀人這番話完全出乎自己的預料。

如她所言，聖奈本人也明白現在是很重要的時期。

為了擺脫名為讀者模特兒的框架，她也承接了很多雜誌以外的工作。

現在，一股完全沒經歷過的順風，正試圖將她吹往前方。

這正是讓聖奈決定「要一直當個讀者模特兒，或是爬向更高的地方」的分歧點。

（不過，可是……真的嗎？我真的要這麼做？）

曾幾何時，她開始以比讀者模特兒更高的層級為目標。

不過，視野中的景象總是覆著一層模糊的霧氣，而聖奈的內心，其實也有個認定「夢想和現實不能混為一談」的自己存在。

現在，就算聽到別人告訴自己「夢想或許已經來到伸手可及之處」，聖奈仍無法馬上相信。

因為，她想像中的夢想，一直都在很遙遠的地方。

「在這個時期，妳除了必須比過去更努力做好手上的工作以外，還必須嘗試各方面的練習，藉此磨練自己。然後，更重要的是……」

至此，經紀人深吸了一口氣。

聖奈忐忑不安地等她繼續往下說。

「之後，希望妳能更有身為專業人士的自覺。除了面對工作的態度，妳還必須做好『隨時都有人在審視自己的日常生活』的覺悟。」

「……『不知道誰會在什麼時候、在哪裡看著妳』……對吧？」

這是經紀人時常對聖奈耳提面命的事情。

儘管點頭表示同意，經紀人卻是一臉複雜的表情。

「沒錯。我不會禁止妳談戀愛，可是，要是交了男朋友，行動就必須更慎重，暫時避免讓事情曝光。因為也有可能演變成給對方添麻煩的情形。」

聖奈有種腦袋被人拿字典重擊的感覺。

她完全沒想到，只是因為自己喜歡上翠，就有可能為他帶來麻煩。

當然，這只是可能性的一種，不過，也沒人能夠斷言這種事不會成真。

（……這就是……地下戀情啊……）

進入暑假後，自己就暫時無法見到翠了。

儘管覺得有點寂寞，但這樣或許反而更好。

幾小時前，在課後輔導結束後，要是她在教室裡對翠提出「如果你不嫌棄的話，等暑假到了，要不要一起出去玩呢？」的邀約，事情可就不得了了。

（現在得先專注在工作上！這樣……就可以了吧……）

真的嗎？

真的這樣就可以了嗎？

不會後悔嗎？

這些疑問，就像擲進河裡的小石頭一般，在聖奈的心中掀起漣漪。
儘管是攸關自身的問題，她卻無法回答，只是默默望向地板。

經紀人剛才說的「暫時」，是指多久的時間呢？
或許會一直持續到高中畢業之後。
想到這裡，聖奈就覺得坐立難安。

希望能在暑假時和翠相約一起出門。
這是聖奈的真心話。

（一次就好……只有一次的話，應該可以吧？）
為了避免給翠添麻煩，就打扮成別人認不出來的模樣赴約吧。
得為高中生涯打造最後的回憶才行。

聖奈緊緊捏著身上這件連身裙的一角。

但願自己喜歡翠的這份心意不要從體內滿溢出來。

第一學期的休業典禮在星期五舉行。

除了大掃除，還得把所有課本搬回家。一連串的肉體勞動，著實讓人精疲力盡。

七月上旬的期末考，翠勉強拿到了每一科都及格的分數，然而，輕音樂社內部不協調的氣氛卻一直持續到現在，成了讓翠頭痛的根源。

然而，最讓他傷透腦筋的，其實是自己沒出息的表現。

（結果，我昨天晚上也沒能聯絡她啊啊啊～……）

和清爽早晨格格不入的沉重嘆息，從翠懶洋洋張開的大嘴中竄出。

和聖奈交換手機號碼後，他遲遲無法撥電話或傳簡訊給對方，就是造成煩惱的主因。

昨晚，他也只是緊握著手機，在自己的房裡不停來回踱步。就連待在一樓客廳的父母，都忍不住為他這樣的行動翻白眼。

audition 4
～排練4～

（成海今天會搭上這班電車嗎？）

聖奈的工作似乎依舊很忙，星期三和星期四早上，翠都沒能在電車裡遇到她。至於星期一和星期二兩天，她也都從學校早退，所以兩人幾乎沒有好好說過幾句話。

而且，明天就開始放暑假了。

他希望暑假至少能和聖奈見一次面，不過，這或許還是有困難吧。

雖然很想以「確認何時有空」的理由聯絡她，但翠就是鼓不起勇氣按下撥號鍵或訊息發送鍵，只能任憑時光流逝。

電車放慢速度，車身因轉彎而微微傾斜。

（……噢，馬上就要到八點七分了嗎？）

今天，電車也在分秒不差的時間駛入第二月台。

（成海今天早上會踏進這節車廂嗎？）

車門敞開的同時，滿懷期待和緊張的心情，讓翠抬起頭來。

出現了。她今天早上跟燈里一起上學。

發現聖奈的身影後，心臟跳得更用力了。

翠放在褲子口袋裡的手機突然震動了起來。真不知道該說這樣的時機是巧還是不巧。

嗡～嗡嗡～

儘管毫無根據，他卻有種預感。

翠毫不猶豫地掏出手機，確認螢幕顯示。

（被我料中哩！是成海傳來的。）

心跳加速的他起動通訊軟體，進入聊天的畫面。

『這個星期天，可以出來見面嗎？』

翠忍不住重看了一次手機螢幕，然後若無其事地將視線移往向身旁。

站在車門前的聖奈，握著自己的手機，一動也不動地盯著畫面看。

她的耳朵和後頸，此刻是不是也被染紅了呢？

Honey
スイーツTOP10
聖奈の
着回し1週間
夏のデートスポット

這出乎意料的光景，讓翠半張著嘴僵在原地。

（對了，上古典文學輔導課的那天，她確實有……）

那時，開口喚住他的聖奈，是不是也提到了「暑假」這兩個字？

難不成……或許……

（呃，這也扯太遠了吧～）

快冷靜下來啊我——翠在內心不斷這麼重複。

自己只是跟聖奈交換了手機號碼而已。儘管兩人正在從普通的同班同學慢慢晉級成朋友，但這也只能算是剛站上起跑點而已啊。

（她只是問我「這個星期天能不能出來見面」，說不定也約了其他人嘛！）

甩甩頭之後，翠回傳了這樣的訊息。

『我很樂意。』

audition 4

～排練4～

這則訊息隨即變成「已讀」的狀態。

下個瞬間，聖奈再次發送訊息過來。

『要不要一起去遊樂園玩呢？』

（遊樂……遊樂園？啊，是嗎，是我看錯哩。）

因為現在還是一大清早，所以大腦八成仍是很遲鈍的狀態吧。

翠揉了揉眼睛，重新將視線移回手機螢幕上。

（騙人的吧？是遊樂園，她真的打了遊樂園這三個字……）

看到這裡，仍是半信半疑的翠，忍不住回傳了一個「你你你你你說啥！」的貼圖。

不過，在下一刻，他又迅速點擊手機的虛擬鍵盤。

『我要去！』

『太好了～☆我很期待喲♡』

翠以單手遮掩忍不住上揚的嘴角，又回傳了一個貼圖。

看到貼圖顯示為「已讀」的瞬間，他不由自主地將視線移往聖奈所在的方向。

同時，原本仍盯著手機畫面的聖奈，剛好也轉過頭來。

兩人的視線在一瞬間交會。

雙方都隨即別過臉，卻又在同一時刻震著肩頭笑出聲。

（明明對方就在眼前，卻還是用貼圖對話……）

聖奈想必也是因為這樣才笑出來的吧。

而這樣的事實再次讓翠感到害臊，露出一臉傻笑。

（總覺得這樣的氣氛似乎很不錯哩？）

翠緊握著手機，將腦袋「咚」一聲輕輕靠上車窗。

純白無暇的雲朵，浮在窗外一片湛藍色的天空中。

高中生涯的最後一個夏天近在眼前。

audition 4
～排練4～

星期日也好想見面……
我可以這麼喜歡你嗎——？

audition 5 ～排練5～

★audition 5 ～排練5～

進入暑假後的第一個星期日，是個超級大晴天。

在豔陽下感受著皮膚慢慢被曬黑的翠，緊緊咬住自己的下唇。

（不妙哩。要是太放鬆，我又會露出一臉傻笑的誇張表情……）

他並不是因為造訪久違的遊樂園而亢奮不已。

當然，來到遊樂園也讓翠很興奮，但真正的理由不是這個。

沒錯，是因為走在他身旁的這名人物。

翠以一副若無其事的態度，朝自己的左側偷瞄一眼。

出現在視野中的，是做便服打扮的聖奈。

她將頭上的一頂黑色鴨舌帽壓得很低，一臉認真地看著園內導覽。

audition 5
～排練5～

（我是不是在作夢啊……？）

因為太沒有真實感，翠以大拇指和食指用力捏了自己的臉頰一把。

好痛。真的、非常、超級痛。

儘管還是難以置信，但這果然是現實。

『這個星期天，可以出來見面嗎？』

前幾天的星期五，翠收到了聖奈這樣的一則簡訊。

那是在第一學期的休業典禮當天、兩人在早上搭上同一列電車時發生的事。

翠回以「我很樂意」之後，兩人隨即決定了目的地和集合時間。

宛如怒濤襲來般的發展，雖然讓翠很吃驚，但在互傳訊息的隔天——亦即昨天早上，他終於明白讓聖奈這麼急性子的理由了。

之後，她將以女主角摯友這樣的角色，參與某部電影的演出。

母親時常收看的晨間新聞節目，讓翠得知了這樣的事實。

他一邊咀嚼早餐、一邊茫然地盯著電視螢幕時，畫面上突然出現了聖奈放大版的照片。

以及「成海聖奈進出大銀幕」的字幕。

（因為太突然了，我差點把嘴裡的土司噴出來哩～……）

主播接著表示「據說在今年夏天就會開始拍攝」。

暑假不用上課，所以聖奈的工作排程或許會比之前都更緊湊，除了今天以外，她說不定暫時無法休假。

（果然是當紅藝人耶～）

不知是否因為在意周遭眼光，聖奈今天的感覺和以往不太一樣。

在學校裡，她通常會把一頭長髮綁成比較低的雙馬尾，但今天卻只有紮成一束。

拍攝Haniwa堂的布丁廣告時，聖奈也是綁著雙馬尾，所以，感覺這樣的髮型已經變成她的正字標記了。光是換個髮型，給人的印象就截然不同。

（而且，該怎麼說呢，服裝打扮的感覺也不太一樣……？）

或許是考量到必須在遊樂園裡到處走，還會搭乘各式各樣的遊樂設施，聖奈穿著T恤、七分工作褲，再披上一件薄薄的針織外套，這樣的打扮感覺非常適合今天的行程。

不過，這應該跟所謂的「可愛風」不一樣。

翠不清楚女孩子的流行時尚，也幾乎不曾看過聖奈私底下的個人穿著，但還是略感意外地想著「原來她也會做這類的打扮啊」。

（或許，頭上的鴨舌帽也是為了遮掩長相的道具？）

這樣的話，口罩也說得通了。

早上，在電車裡看到聖奈時，翠還以為她感冒了，因此有些緊張。

不過，聖奈只是苦笑著以「不，這只是以防萬一……」回應。

變成藝人後，她打算將健康管理做到最完美的狀態嗎——翠當下這麼想著，同時還感到幾分敬佩，但實際上，理由或許不僅是如此。

（乍看之下，的確會認不出她就是成海呢。）

既然必須這麼謹慎低調地出門，聖奈為什麼還會特地提議來遊樂園呢？這點讓翠有些不解。

愈是人多的地方，她恐怕愈容易被認出來吧。

還是說，聖奈或許是反過來想說混到人群之中應該會比較不容易發現她？

「嗳，成……」

正打算呼喚聖奈時，翠急忙踩下煞車。

要是在這裡用名字叫她，聖奈的變裝就沒有意義了。

畢竟她的姓氏比較少見，而且，就算試圖用鴨舌帽遮住臉，聖奈的可愛果然還是藏不住。如果線索增加，她被認出來的機率也會提高。

「濱中同學？」

原本專心看著導覽的聖奈抬起臉，還微微不解地歪過頭。

audition 5

～排練5～

（唔啊啊啊，太可愛了！這樣犯規啦！）

「嗯……嗯嗯……！」

翠強忍住想要吶喊出聲的衝動，勉強以幾聲輕咳帶過。

然而，他還是無法直視聖奈，只好別過臉去。

「……今……今天天氣真好。」

「咦？啊，是的，有放晴真是太好了。」

聽到翠莫名客套的說話語氣，聖奈也跟著被影響。

這樣的發展，讓翠有些難為情地露出苦笑。

（很好笑耶～不過，對現在的我們而言，這樣的感覺或許是最恰當的哩。）

他這麼想著，感覺一直卡在心中的某個東西消失了。

（原來我一直下意識地感到焦急嗎……）

回想起來，直到最近，自己才變得能和聖奈交談。

而且，兩人對話的感覺還是有點不自然。儘管都是女孩子，翠卻無法像面對夏樹或野

宮等人那樣輕鬆開口，要是一個沒弄好，恐怕維持沉默的時間還比較長。

（透過簡訊之類的，就不會過度緊張，能好好跟她對話就是了～）

聖奈又是怎麼想的呢？

今天，她為什麼會約自己出來？

一男一女一起到遊樂園玩，感覺簡直像是在約會。

（嗯？約會……？咦！怎麼……原來這是約會嗎？）

不不不，怎麼可能呢。翠甩了甩頭，卻無法忽略心跳加速的事實。

他若無其事地把頭轉回來，悄悄朝聖奈瞄了一眼。

巧的是，聖奈也正好望向他，兩人的眼神因此交會。

「不……不是哩！剛才是因為……那個……」

翠慌慌張張地在面前揮動雙手。

audition 5

～排練５～

面對聖奈的時候，他總是這個樣子。手足無措又發不出聲音，有夠遜的。

然而，聖奈卻溫柔地接受了這樣的翠。

就像現在，她也只是露出不解的表情，靜靜等翠繼續往下說。

「……今天，妳為什麼會約我一起來？」

在不算短的一陣沉默後，翠輕聲問道。

汗珠從髮梢滑落他的脖子上。

他低垂著頭。映入眼簾的，是佇立在黑色影子之中的一雙嶄新運動鞋。

「對不起！濱中同學，你討厭遊樂園嗎？」

「呃？」

聽到聖奈出乎意料的回應，翠反射性地抬起頭來。

聖奈叨唸著「怎麼辦」，連臉色都跟著變得蒼白。

「不，我不討厭哩。真要說的話，應該算喜歡吧……」

「真的嗎？太好了～之前，我曾因為雜誌的攝影工作造訪這座遊樂園。不過，那時我完全沒玩到呢。所以，我想趁最近這段時間，以遊客的身分再來這裡一次。」

「……確實會這麼想呢。」

聽到翠的回應，聖奈微笑著回以「嗯」。

可以確定了。對方壓根沒有「約會」的意思。

（很好，弄錯了！是我搞錯啦～！）

其實，翠想問的不是「妳為什麼會約我來遊樂園」，而是「妳為什麼會約我出來」。

然而，聖奈或許只是單純想約他來這裡，所以才會以為翠想問的是前者的意思吧。

（這倒也是啦。比起一個人去遊樂園，兩個人一起去，一定會比較有趣哩。）

或許，聖奈其實也試著約過燈里等人，只是沒有刻意提起而已。

或許，只是翠以外的人，剛好今天都不克前來。

audition 5
～排練5～

（只有我有這種奇怪的意識嗎……）

儘管這樣的結果讓翠有點打擊，但同時，他也明白這是無可奈何的事情。

畢竟，這是一段才剛萌芽的單戀。

好不容易變得能和她說話了，接下來，只要再多花時間拉近兩人的距離就好。

翠換了個心情，和聖奈維持著一定的距離邁開步伐。

一開始，他原本還有些心神不寧，但隨著時間經過，翠也開始能專心享受這趟遊樂園之旅了。

以旋轉咖啡杯起頭後，兩人又陸陸續續搭乘了不同的遊樂設施。

「接下來要搭乘哪一種遊樂設施？」

即使到了接近中午的時刻，翠的語氣仍不時會變得相當客套。

聖奈輕笑了幾聲，接著望向手中的導覽。

不需要回想，只要看導覽一眼，就能明白他們已經玩過哪幾項設施。因為，聖奈刻意用筆在這些設施上頭做了星星記號。

（剩下的設施裡，比較有可能的是……）

「我知道了，旋轉木馬對吧？」

「去坐雲霄飛車吧！」

「「咦？」」

明明同時開口，說出來的內容卻完全不同。

兩人先是面面相覷，接著忍不住笑出聲。

雖然默契還不夠，但很開心。

能這麼想，讓翠著實感到高興。

（呃……喔喔喔！糟了，糟糕哩，我……）

咕～咕嚕咕嚕咕嚕～

audition 5
～排練５～

在湧現不好的預感後，翠隨即對腹部使力，但空空的胃袋仍毫不避諱地發出巨響。

「這……這不是喔！」

不是什麼啦。

在內心這麼吐嘈自己的同時，翠猛力揮動雙手表示否定。

相較之下，聖奈瞬間圓瞪雙眼，但隨即笑到整張臉的表情擠在一起。

雖然難為情到極點，但既然能逗聖奈發笑，就別在意好了。

也只能叫自己別在意了嘛。

「濱中同學，要不要先吃午餐？」

「……好啊。」

同意聖奈的提議後，翠突然感覺有人拉住他的襯衫袖子。

原本以為是錯覺，但有些避諱地輕扯他的衣袖的感覺，確實一直持續著。

翠好奇地轉過頭，然後止住呼吸。

「那……那個……我有自己做便當帶來，你要不要吃？」

揪住他的襯衫衣袖的，是聖奈的手指。

她微微低著頭，讓翠無法窺見她臉上的表情。

不過，比起因為看不到聖奈的臉而感到遺憾，他更有一種「得救了」的慶幸感。

光是現在這種狀態，心臟就已經快要整顆爆開了。

（看到她這樣的態度，絕對會有人會錯意的啦……！）

「多……多謝妳嘍……」

翠以顫抖的嗓音勉強擠出回應。

下一刻，開心抬起頭來的聖奈，一雙大眼綻放出宛如反射陽光那般燦爛的光芒。

翠的心臟又因此狠狠抽動了一下。

（平常心、平常心啦！印象中，在這種時候，數質數好像就能冷靜下來了？是說，這哏是從哪來的哩……啊～心臟差點就從喉頭跳出來了呢。）

audition 5
～排練5～

翠一邊在心中這麼碎唸，一邊跟上聖奈的腳步。

兩人前往的目的地，是生著翠綠草皮、類似廣場的一塊區域。

準備了便當的聖奈，或許已經事前好好調查一番了吧，還像周遭遊客那樣帶了一塊野餐墊。

另外，還有擦手用的濕毛巾，以及裝著冰涼麥茶的水壺。

（不成啊，只有我單方面被成海照顧得無微不至……）

翠所能做的事情，只有找到樹蔭下的空位，然後攤開野餐墊而已。

不過，聖奈完全不在意這些，反而還試探性地詢問他「我擅自做了便當，會不會給你帶來困擾？」這種問題。

（妳人會不會太好了啊，成海！）

「我有邊做邊嚐味道，所以應該不會有問題……」

有些顧慮地這麼表示後，聖奈打開雙層便當盒的外蓋。

上層塞了滿滿的配菜，下層則有各種顏色的飯糰並排著。

「啊，是炸雞！漢堡排！連炸蝦都有哩。」

這些都是翠最愛吃的東西。

因為太高興了，讓他不禁提高音量。

「看來裡頭有幾樣你喜歡吃的東西呢，太好了。」

「不只是幾樣而已，全都是我愛吃的東西啊！成海，妳是超能力者來著？」

聽到翠開玩笑地這麼問，成海也輕笑著回答：

「與其說是超能力者，應該比較像偵探吧。」

「偵探？」

這到底是什麼意思？

翠不解地歪過頭，相較之下，聖奈則是「啊」了一聲，然後以手掩嘴。

看起來像是「我說溜嘴了」的感覺。

audition 5
～排練5～

「讓人很在意耶，告訴我嘛～」

「呃，那個……我只是想起在教室裡吃午餐，或是在家政課的烹飪實習時間的你，要吃到什麼東西，才會露出開心的表情，然後……」

「呃？所以，妳的意思是……」

也就是說，聖奈一直都在看著他。

甚至能讓她做出一整套符合翠喜好的菜色。

「……！」

翠感覺自己的臉一口氣漲紅，也忍不住伸手掩住自己的嘴。

會覺得這麼熱，不只是因為夏天的陽光打在身上。

過度幸福的感覺，幾乎令他頭暈目眩。

「我……我開動了！」

翠用力合掌，使盡渾身解數表現滿心的感謝。

他最先用筷子夾起的，是自己最愛的炸雞。

「……味道怎麼樣呢？」

「超好吃！雖然我只會用好吃來形容，但真的很好吃！」

「啊哈哈！我準備了很多，請你盡量吃喔。」

早已將筷子伸向第二塊炸雞的翠，像松鼠和倉鼠那樣把臉頰塞得鼓鼓的，然後點頭如搗蒜。

接著，翠以視線催促聖奈開動，後者這才跟著拿起筷子。

「濱中同學，你還會去其他地方玩嗎？」

「妳說暑假的時候？這個嘛……其實我比較想團練，但感覺很難哩。」

「團練……是指輕音樂社的樂團練習？」

「沒錯沒錯。雖然決定今年文化祭也要辦演唱會，但我們畢竟已經高三了嘛，其他社員都忙著參加就職活動或是準備大考，大家的時間很難配合呢。」

audition 5

～排練5～

說著，翠感覺心情也變得沉重起來。

把演唱曲數從五首減少到三首，其中一首用社團的自創曲。

聽到翠這樣的提案，其他社員的反應並不理想。

直到暑假前，雖然大家又再討論過幾次，但鈴木和隈終究沒有點頭同意。

就算時常因為打工而不能來社團露臉的廣道參與討論，他們的結論仍沒有改變。至今，眾人甚至連今年的練習排程都還沒擬定。

「我也不是不能理解他們的想法啦。」

翠苦笑著輕聲說道。

「既然沒打算成為專業的音樂人，就不應該把寶貴的高三暑假拿來練團。那樣根本考不上大學嘛。」

「……那你自己呢？」

「嗯？」

「你自己是怎麼想的，濱中同學？」

聖奈的雙眼直直望向自己。

儘管有些吃驚，翠仍選擇正面迎上她的視線。

「我只是……想盡全力去做現在想做的事，還有只有現在能做的事。」

確實說出口之後，翠感覺原本躁動不安的心平靜了下來。

（噢，原來如此……原來我是這麼想的嗎……）

聖奈則是露出一臉感覺莫名開心的笑容。

「我啊，之後會去拍電影喲。」

雖然覺得這個話題來得很突然，翠仍朝聖奈點點頭。

「我昨天有看到電視新聞報導。妳飾演的是女主角的摯友對吧？」

「嗯。沒能被選為女主角，雖然有點遺憾，但能得到這個角色，是因為在一旁觀看試鏡過程的導演特別推薦我喔。他說我的笑容很棒。」

在試鏡中落選，她不可能沒有一絲不甘。

不過，聖奈此刻的表情，就像頭上那片萬里無雲的晴空般澄澈。

「只要不斷努力，一定會有人看在眼裡呢。」

翠不知道聖奈是基於什麼樣的用意說出這句話。

然而，對現在的自己來說，這無疑是他最需要的一句話。

（……成海說得沒錯。要是想盡全力去做只有現在能做的事，可不能光靠一張嘴。在把不滿表現出來之前，我得先努力才行，否則就沒有意義哩。）

輕音樂社另三名成員的身影在翠的腦中浮現。

他們並沒有像翠那麼看重文化祭的演唱會。這樣的事實的確讓他很挫折，然而，翠在這段期間所採取的行動，也就只有一味向他們強調自己的主張而已。

（這樣可不行呢。）

如果希望他們能懷抱同樣的「熱情」，自己得先盡全力沉浸於其中才行。

看到這樣的翠，才會讓他們的內心被打動。

「在文化祭之前，我會寫出一首超棒的曲子，妳絕對要來聽我們的演唱會喔。」

翠揚起嘴角，用這樣的表情來取代一聲「謝謝」。

聖奈也以笑容回應他。

「我會好好期待的。」

「嗯！」

翠點點頭，感覺大腦開始飛快運作。

寫一首曲子吧。

讓那三人忍不住想要演奏的曲子。

讓聖奈和其他聽眾都會展露笑容的曲子。

✦ ✦ ✦ ★☆★ ✦ ✦ ✦

audition 5

～排練5～

在清空午餐盒的同時，翠感覺來自周遭的視線變得愈來愈強烈。

他緩緩移動雙眼觀察，結果，原本盯著他們看的那些人隨即移開視線。

這該不會是——翠有種不好的預感。

「嗳嗳，坐在那裡的是不是本人呀？」

「啊～妳說戴著鴨舌帽的那個女孩子？側面看起來確實有點像呢。」

兩名女孩的竊竊私語傳入翠的耳中。

她們的視線全都集中在聖奈身上。

（果然是這樣嗎！被發現坐在這裡人的就是成海了？）

因為不知該如何是好，翠轉頭望向聖奈，發現她看起來相當冷靜。

她跟翠對上視線，以食指抵住雙唇，輕輕發出「噓～！」的聲音。

（太……太可愛啦～！這是哪招啊啊啊！）

翠勉強按捺住想如此大叫的衝動，沉默地點點頭。

聖奈像是鬆了一口氣似的以手輕撫胸口，接著開始俐落地收拾便當盒。

翠也連忙起身幫忙。

儘管已經開始收拾東西準備離開，落在兩人身上的視線卻持續增加。

雖說不去在意就好，但翠總是忍不住感到焦躁。

（成海一直都過著這樣的生活嗎……）

只要繼續以讀者模特兒的身分活躍，聖奈恐怕也無法說自己討厭引人注目吧。

不過，就連在這種無須面對攝影機的地方，都得飽受他人關注的視線。對於這樣的狀況，她本人又是怎麼想的呢？

「好，收好了！」

原本蹲在草皮上整理行李的聖奈，輕輕把膝蓋拍乾淨後起身。

翠跟著回神，連忙伸出手表示：

audition 5

～排練5～

「我來拿吧。」

「咦！這樣不好意思呢。」

「都讓妳自己提到這裡來了，這點小事……」

不用在意啦。

還沒說完的後半句話，被一陣突然颳起的強風打斷。

「「啊！」」

兩人忍不住同時喊出聲。

因為，聖奈原本戴著的那頂鴨舌帽，一下子被吹向半空中。

「等等、等等～！」

翠一股勁兒追了上去。

鴨舌帽乘著風，掉在草皮上滾了幾圈。

「追到你……啦！」

翠撿起鴨舌帽，轉身望向聖奈所在的方向。

「我撿起來哩～」

「哇啊！那個姊姊的頭髮，顏色跟公主一樣呢～」

一個興奮的嗓音，像是要蓋過翠的聲音般迴盪在這一帶。

一名小女孩伸手指著聖奈，開心地不停彈跳。

「妳看，果然長得很像吧？」

「難道是Haniwa堂布丁廣告裡的那個女孩子？」

少了能遮掩長相的道具，聖奈一下子變成萬眾矚目的對象。

除了剛才便不斷低聲討論的兩個女孩子，原本正在專心享用便當的一家人，甚至是剛好經過這個廣場的路人，都突然躁動起來。

（糟啦！在完全被認出來之前，得做點什麼……！）

audition 5

～排練5～

翠趕回聖奈身旁，二話不說地把鴨舌帽戴回她的頭上。

接著，他揪起聖奈的手，像是逃亡般拔腿就跑。

他專注地看著前方，拚命擺動雙腿。

因為害怕，翠無法轉頭確認是否有人在後方追趕。

跑得更遠、更遠。直到聖奈不會被認出來的地方為止。

翠的腦中只有這個想法。

在雲霄飛車映入視野時，他才終於冷靜下來。

「跑……跑到這裡來的話，應該就不要緊……」

（不要緊才怪！）

翠一邊調整急促的呼吸，一邊轉頭望向聖奈，結果差點大叫出聲。

手是牽著的。

他牽著聖奈的手。

「抱……抱歉！我只是想快點逃跑，所以一時……」

翠連忙鬆開自己的手。

另一方面，同樣使出全力奔跑的聖奈，現在仍是上氣不接下氣的狀態。

（我是白痴嗎……）

這是稍微思考一下就能明白的事。

翠以自己的腳程卯起來衝刺，一定會讓聖奈感到吃力。

雖說是因為狀況緊急，但這種做法實在太沒大腦了。

當下，只要在現場想出其他解決辦法就好，應該沒必要一直從廣場逃到這個地方來才對。

「抱歉，要找地方坐下來休息嗎？」

「……沒關係，我沒事。」

audition 5

～排練5～

聖奈抹去汗珠，緩緩朝翠搖搖頭。

在翠再次開口前，她先抬起頭直直地望向他。

「我今天就先回去了。」

「咦！」

為什麼？

儘管想這麼問，自己卻因為過於錯愕而發不出聲音。

看著翠一語不發地呆站在原地，聖奈不知想到了什麼，輕輕道出一句「對不起喔，這麼突然」。

「再這樣下去，我怕會給你添麻煩。」

「我怎麼可能會這麼想哩。」

「……謝謝你。」

接下來，聖奈沒再開口說些什麼。

翠也想不出能對她說的話，最後，只能跟她一起走向離開遊樂園的閘門。

之後，翠不太記得自己是怎麼回到家的。

回過神來的時候，他已經茫然地躺在自己房間的床上。

「為什麼要跟我說對不起啊……」

為什麼要道歉呢？聖奈本人明明就沒有錯。

（如果我也是藝人的話，或許就不會變成這樣了……？）

他突然浮現這種可笑的想法。

如此一來，就算像白天那樣被其他遊客認出，然後引起騷動，他們倆或許也能笑著說「彼此彼此」吧。

然而，實際上，只有聖奈是藝人，翠則是一名平凡的高中生。

這是一場「不登對」的「地下戀情」。

翠單方面對聖奈的情感，被貼上了這樣的標籤。

audition 5
～排練5～

儘管翠以為自己很清楚這一點，但今天，他重新被迫面對了這樣的事實。

（可是，哪有什麼辦法啊。喜歡就是喜歡哩。）

要是能捨棄、能放棄，他早就這麼做了。

不過，不管再怎麼痛苦、煎熬，這份心意都無法從翠的胸口抽離。

事到如今，他再也無法隱瞞自己喜歡聖奈的心情。

「在文化祭之前，我會寫出一首超棒的曲子，妳絕對要來聽我們的演唱會喔。」

翠閉上雙眼，回想起白天和聖奈做出的約定。

對喔，還有這個方法。

他猛地起身，衝向自己的吉他收納袋。

「……在文化祭演唱的新歌，就決定是這首了。」

即使是一段「不登對」的「地下戀情」，翠也想把自己的心意傳達出去。
所以，他打算把一切注入這首歌裡。

八月一日，一決勝負的時刻到來。

在翠調整完吉他後，另三名社員也在約定的時間來到視聽教室。
他們臉上都帶著相當複雜的表情。
這也是正常的。因為翠並沒有說明今天把三人找來這裡的原因。

「唷～我等你們好久哩。」
翠朝佇立在教室大門旁的三人揮了揮手。
最先走向他的，是和翠同樣擔任吉他手的鈴木。

audition 5
～排練5～

「……你抱著吉他，是想自彈自唱給我們聽嗎？」

鈴木苦笑著這麼開口後，鼓手隈和貝斯手廣道也朝佇立在窗邊的翠走去。

「對啊，這首歌剛出爐，還熱騰騰的喔！」

「咦？你難道是在說……」

看到三人困惑的反應，翠露出有些狡詐的笑容。

接下來，比起口頭解說，實際表演給他們看，應該會更有用。

翠像是站在麥克風後方那樣靜靜閉上眼。

像是要把緊張、不安和各種情緒傾吐出來一般，他深呼吸一口氣，然後以指尖重新捏緊彈片。

（傳達出去吧……！）

開始彈前奏後，另三人的表情變化大到甚至讓人覺得有趣。

他們或許已經發現，這跟翠平常的即興演奏不同，不是只注重節奏感的伴奏曲。

這首歌曲，是翠為了在演唱會上表演而寫的曲子。

自從和聖奈一起去遊樂園的那天晚上以來，他便埋首創作，連睡覺的時間都嫌可惜。

（這是我打從出生之後第一次自己作詞作曲，所以其實還吃了不少苦頭哩。）

不是模仿誰，而是來自自己內心的音色。

翠打造出來的音色還太模糊，幾乎連他本人都無法確實掌握。

儘管如此，翠仍沒有放棄，將「現在希望誰聽到這首歌」的心情，以及「自己心目中的搖滾」，全都注入歌曲中，為了這一天而努力將它完成。

翠創作出來的，是一首充滿爆發活力的情歌。

歌曲中的「他」是這麼說的。

雖然明白自己跟「她」並不登對，但還是不打算放棄。

所以，希望能一步步地接近——

「她」理想中的那個模樣。

audition 5
～排練5～

彈奏出最後一個音符後，沉默籠罩了視聽教室。

另三名社員只是茫然地呆站在原地。

（還是不行嗎？我覺得曲子的感覺還不錯耶……）

等到翠將吉他擱在一旁的桌面上後，鈴木才終於率先開口。

「翠，你一個人寫了這首歌啊……」

「算是吧。我想說先把基本的曲子生出來會比較好。」

「……抱歉。」

繼鈴木之後，隈和廣道也紛紛表示「不好意思」、「抱歉喔」。

（幹嘛這樣啦，其實我也……）

「不需要這種感傷的氣氛，不需要！」

為了掩飾自己眼眶微濕的反應，翠用力甩甩頭。

淚水應該沒有因此被甩出來，而是被吸回去了吧。

「剛才的曲子，應該有讓你們湧現想演奏的念頭了吧？」

聽到翠自信滿滿地這麼詢問，另三人一起朝他點頭。

「說得也是。不過，編曲的部分可能要再一起討論就是了。」

「還有，倒數第二段副歌，應該可以再High一點？」

「我也這麼覺得。在這之前先降一次Key，感覺會更有震撼力。」

翠吸了吸鼻子。

看到其他社員開始交換意見，他的淚腺再次受到刺激。

雖然這種容易落淚的反應讓他有點難為情，但翠也明白這次真的是情非得已。

因為，渴望已久的「熱情」，現在便出現在他的眼前。

「另外，最關鍵的問題就是歌詞了～為什麼到了後半，就只有一直出現『喜歡』這兩個字啊？」

「除了喜歡以外，還有其他歌詞啦，呆瓜！」

audition 5

～排練5～

聽到翠的吐嘈，鈴木發出「唔～」的沉吟。

「我記得是『喜歡、愛死了、I love you』這樣？」

「『好，駁回。』」

看到隈和廣道不假思索的反應，翠不禁發出「嗚咕～」的詭異呻吟。

接著，三個人又一起笑出聲，完全恢復成這個社團以往的感覺。

（不過，可不是全部都跟以前一樣哩。）

嶄新的一步確實踏了出去。

翠是如此，其他三人亦同。

「在畢業之前，盡情揮灑自己的青春吧。」

明智在開學典禮那天說過的話，突然從翠的腦中閃過。

那時，聽到他沒頭沒腦地要大家「盡情揮灑青春」，翠還是壓根沒概念。

但現在——

（或許，所謂的揮灑青春，就是這樣的感覺？）

現在，翠感覺自己可以抱著吉他跑向任何地方。

跟這些社員一起。

聖奈高三的暑假，就這樣跟電影的拍攝工作一起結束了。

她總覺得，今年的夏天，似乎消逝得比以往都要來得快。

（現在還是很熱，所以完全沒有已經來到九月的感覺呢～）

儘管夏季已邁入尾聲，天氣仍比往年炎熱。或許是因為這樣，更讓人沒有夏天已經結束的感覺吧。

像現在這樣，光是走在教職員辦公室外頭的走廊上，便足以讓後頸滲出汗珠。

不過，也不能因此而一直對暑假依依不捨。

audition 5

～排練5～

第二學期開始，便意味著被工作填滿的日子結束了。

（該交的報告全都交出去了，接下來就是期中考……！）

暑假時，聖奈完成了比其他同學更多的報告。不過，對於做了這些補救後，出席日數仍在合格邊緣的她來說，考試的結果更為關鍵。

這次，她還拜託燈里等人指導自己比較不在行的科目。

（……不知道濱中同學現在在做什麼？）

暑假期間，他們曾透過通訊軟體互相聯絡好幾次。

明白彼此都喜歡同一支樂團後，聖奈有時會和他討論自己喜歡哪首歌。也會拍下攝影時意外發現的貓咪母子，或是美味的甜點照片，再傳給翠看。

能夠和他分享自己平凡的日常瑣事，真的很開心。

然而，另一方面，每次發送訊息後，無法和翠見面的寂寞感覺也跟著發酵。

一起去遊樂園的那天，是聖奈最後一次看見他的人、聽見他的聲音。

而且，雖然到了遊樂園，自己卻在行程途中差點被粉絲認出來，讓兩人不得不慌忙逃走。沒有真的被認出來，讓聖奈鬆了一口氣，但這或許單純是那天運氣好而已。

她明白這是一段「地下戀情」。

所以，只有一次也無妨。作為高中生涯最後的美好回憶，她想約翠一起出門。

但現在，她的腦中卻滿是翠的影子。

他燦爛的笑容、爽朗的笑聲，全都無法離開自己的腦袋。

在攝影工作的休息時間，以及前往下一個工作地點的短暫移動時間。

回到家之後，泡在浴缸裡的時間。躺上床、閉起雙眼的瞬間。

她總在每天、每個不經意的時刻，湧現想要看到翠的笑容的念頭。

隨著這樣的日子一天天過去，她的情感也日漸膨脹起來。

光是在遊樂園裡並肩行走，便已經讓聖奈很開心了。但其實，她想和翠待在一起更久。

audition 5
～排練5～

也想兩個人一起去各式各樣的地方看看。
她總是無止盡地這麼幻想著。
（……如果不能實際說出口，想像一下應該無所謂吧。）

「咦，聖奈？」

來到階梯前方時，突然有人呼喚她的名字。
這是美櫻的聲音。
聖奈猛地回過頭。不出所料，她和面帶微笑的美櫻四目相接。
「美櫻！現在是社團休息時間嗎？」
「對呀。我想去體育館外頭的自動販賣機買一瓶冰涼的茶。」
「畢竟現在還是很熱嘛。」
看著聖奈直點頭的反應，美櫻微笑著回應「就是說呢」。

這是很稀鬆平常的一段對話。

不過，在內心一角，聖奈總覺得似乎不太對勁。

（美櫻是不是有點沒精神？）

雖然也有可能是中暑，但一定還有其他理由。

聖奈的直覺這麼告訴自己。

「……美櫻……」

「啊，找到了！喂～成海～」

像是要蓋過聖奈嗓音的腳步聲從後方傳來。

她轉身，發現春輝正朝她跑過來，手上還拿著類似素描本的東西。

「春輝……」

聖奈聽到美櫻這麼輕聲開口。

或許是被春輝突如其來的登場嚇到了吧，她的眼神看起來有些動搖。

「妳今天還沒離開啊，太好了……咦！」

另一方面，瞥見站在聖奈身後的美櫻，也讓春輝瞬間圓瞪雙眼。

儘管一度對上視線，這兩人卻都只是沉默著杵在原地。

「……哇……哇～！好巧喔，你現在也是休息時間嗎，芹澤？」

為了一掃現場的尷尬氣氛，聖奈盡可能以活潑的語調問道。

不過，春輝沒有回應她。沉默再次籠罩了三人。

（我這樣果然太刻意了嗎……）

「也不算休息時間……應該說我是特地出來找妳。」

打破這片令人窒息的沉默的，是春輝的聲音。

但下一刻，彷彿已經把想說的話說完的他，轉身迅速邁開步伐。

（他剛才那句話，不管怎麼聽，都是找我有事的意思吧？）

不說明找聖奈有什麼事，而是逕自走遠，或許是要她一起跟著走？

聖奈遲疑了半晌後，對著開始爬上樓梯的春輝的背影問道：

「芹澤，你要去哪裡？」

「在這裡不太方便，來我們社團的教室吧。」

「咦！呃……嗯……」

她不自覺地答應了春輝的要求。

雖然想讓他多留在這裡一下，但事情已經變成這樣，聖奈也束手無策。

她跟上春輝的腳步，同時有些在意地回頭窺探美櫻的樣子。

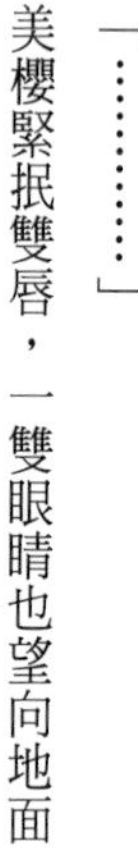

「………」

美櫻緊抿雙唇，一雙眼睛也望向地面。

audition 5
～排練5～

儘管春輝沒有提及隻字片語，但這兩人之間絕對發生過什麼事。

（他們怎麼了呢？難道是吵架了……？）

「聽說妳現在在拍電影？我有看到新聞報導。」

一語不發地爬了一陣子樓梯後，春輝才緩緩轉頭這麼問。

「啊，嗯。但我的戲份已經拍完了。」

「哦，這樣啊……拍攝現場是什麼樣的感覺？」

聽到春輝接著提出其他問題，聖奈不禁眨了眨眼。

看來，沒有面對美櫻的時候，他就能恢復成平常的春輝。

（芹澤也有在拍電影，應該會很在意吧。）

實際上，將自己在拍攝現場的所見所聞告訴他之後，春輝也變得雙眼發亮，露出一臉興致勃勃的表情。

因為兩人聊得很投入，感覺一下子就抵達了電影研究社的教室。

「然後啊，在拍攝的最後一天，導演對我說『以後再一起合作吧』。」

「這不是超棒的嗎！不過，妳有打算朝演員發展嗎，成海？」

「……嗯。雖然背台詞很辛苦，第一次拍攝時，我也因為無法如自己所想的那樣開口說話，而覺得很想哭，不過，拍戲真的很開心呢。」

攝影期間，聖奈幾乎每天都想說喪氣話。

缺乏戲劇經驗的她，從排練階段就失敗連連，時常因為ＮＧ而必須整段重拍，給其他參與拍攝的演員添了不少麻煩。

這樣的日子一直持續著。一想到自己可能又會失敗，她就很害怕前往拍攝現場。

聖奈之所以能夠順利完成拍攝工作，而沒有選擇逃避，都是因為跟翠的那個約定。

「在文化祭之前，我會寫出一首超棒的曲子，妳絕對要來聽我們的演唱會喔。」

想到當初笑著這麼說的翠，聖奈希望她也能表現得不要讓自己蒙羞。

不要半途而廢。全力以赴地努力，然後再去見他。

audition 5

～排練５～

「如果覺得拍戲很開心，妳要不要參與輕音樂社的ＰＶ演出？」

「……咦？」

「其實，我就是想問妳這件事，才會出來找妳。翠自己寫了一首歌，然後拜託我幫他拍一支那首歌的ＰＶ。他說這次是高中生涯最後的文化祭了，所以想卯起來跟它拚了。」

很像那傢伙的作風對吧？春輝笑著這麼說。

聖奈發現他的下眼皮浮現一抹淡淡的黑眼圈。

（電影研究社也有自己的新作品要忙，他卻還是答應了嗎……）

「啊，雖說要妳參與演出，但我會避免拍到妳的臉！畢竟在這方面，事務所的要求可能滿嚴格的吧。從遠處拍攝、拍妳的背影，或是只會出現一瞬間的側臉，這樣ＯＫ嗎？」

這樣應該沒問題——差點這麼說出口的瞬間，聖奈不禁止住呼吸。

無論春輝在拍攝、剪接時多麼謹慎，這仍是一段會對不特定多數群眾公開的影片。

要是自己又因為某些因素而被人認出，會不會給翠一行人添麻煩呢？

「……對不起，可能有困難。」

「哦～？所以，妳其實並不是不想參與？」

「我……我是……那個……」

「這次的文化祭，是高中生涯最後一個能夠卯起來拚命的活動了喔。要是妳說就算沒參與拍攝也絕對不會後悔的話，倒還無所謂，但如果不是這樣，妳就再考慮一下吧。」

不用現在就做出決定也沒關係。

說著，春輝翻開手上那本素描本。

第一頁上頭草草寫著「輕音樂社ＰＶ用」，以及看似春輝手繪的分鏡腳本。這是影像作品中等同於設計圖的東西。

春輝又繼續動手翻頁。

往後翻了幾頁後，出現的手繪圖風格變得不太一樣。

（感覺跟美櫻的畫很像呢。啊，旁邊的註解字跡也……）

至此，聖奈終於明白了。

這會不會是春輝和美櫻以前為了與彼此分享靈感，而使用的那本素描本？

「自己的選擇究竟是正確還是錯誤，恐怕也不是光用腦袋思考，就能明白的事情呢。」

春輝啪一聲闔上素描本，帶著苦笑這麼說。

那像是自言自語，也像是在說給自己聽的一句話。

然而，聖奈卻忍不住追問。

「你為什麼會這麼想？」

「嗯？因為這樣的話，就得替自己想很多冠冕堂皇的理由，來應付別人的質問了吧？雖然我也沒什麼資格說這些就是了……」

春輝這句話深深刺進聖奈的胸口。

（或許，我已經下意識地自己拉起一道防線？）

自己對翠的這段情感，是所謂的「地下戀情」，所以得多注意，以免給他添麻煩。換個角度來看，其實，或許只是因為自己害怕而已。

人生無法存檔重來。要是在靠近翠之後，他因為這是「地下戀情」而拒絕自己，她又該怎麼辦？

比起被討厭，保持一段距離或許還比較好。

自己是不是這麼想的呢？

（經紀人也說過「我不會禁止妳談戀愛」……）

要是交了男朋友，行動就必須更慎重，暫時避免讓事情曝光。

因為也有可能演變成給對方添麻煩的事情。

當初，經紀人只是這麼叮嚀聖奈而已。

「地下戀情」並不是得欺瞞自身心意的東西。

認定這是「地下戀情」而逃避的人，正是聖奈自己。

audition 5

～排練5～

聖奈緩緩抬起頭，筆直地望向春輝。

在下定決心後，以堅定的語氣這麼開口：

「……芹澤，我想參與ＰＶ的拍攝演出。」

得克服勇氣的考驗才行
不可以逃避……

audition 6 ～排練6～

audition 6 ～排練6～

文化祭即將在一週後到來。即使過了放學時間，學校裡頭仍是一片熱熱鬧鬧。

在走廊上慌張奔跑的身影、使用鐵鎚和鋸子發出的聲響、呼叫別人來幫忙的吶喊聲。

這才是一場慶典該有的氣氛。

（高一和高二生果然幹勁十足吶～）

前往電影研究社的社團教室時，翠在途中停下腳步，茫然眺望著下方的樓層。

大部分的高三學生今天都只有上午的課，會在學校留到這個時間的人少之又少。

大概只有像春輝一行人那樣，仍全心投入社團活動、忙著完成自己的作品的人，或是像綾瀨那樣，特地留在社團幫忙學弟妹的人。

「啊，翠！快點快點，播放ＰＶ的準備工作已經完成嘍～」

audition 6

～排練6～

蒼太的聲音從階梯上方傳來。

翠抬起頭，發現蒼太正在朝自己用力招手。

「有什麼辦法哩。視聽教室離這裡很遠嘛。」

翠一口氣跨越兩層階梯往上衝，來到蒼太的身旁。

「是是是。春輝跟優已經在等了。」

「咦，優也來了？那傢伙不用為了拚大考念書嗎……？」

「可別在本人面前說這種話喔。否則大家一定會吐嘈個沒完。」

蒼太苦笑著這麼回應，隨後又聳聳肩表示：

「不過，這樣也好啦。優偶爾也需要放鬆一下嘛。」

「想放鬆的話，去找夏樹一起放鬆就好啦。他不是好不容易告白了嗎？」

「翠，你這種發言很像大叔耶……對了，也別在本人面前說這種話喔。」

「什麼啊，他八成已經被你們徹底調侃過了吧。」

兩人聊著這種沒營養的話題，沒多久就抵達了社團教室外頭。

蒼太喊了一句「我們進來嘍～」之後，便伸手打開教室大門。

下個瞬間，冰冷的空氣從門縫中透出。

「…………」

「…………」

不知為何，留在教室裡的春輝跟優互瞪著彼此。

感受到緊繃氣氛的翠不禁往後退了幾步。

（怎……怎麼哩？）

「我說，你們倆又起爭執了嗎？」

蒼太完全無視這股尷尬的氣氛，以傻眼的語氣開口。

他的聲音理應有傳進春輝和優的耳中。然而，兩人卻還是不發一語，也完全不轉頭看

audition 6

～排練6～

蒼太這邊一眼。

不過，蒼太似乎也沒有期待他們回應自己，只是逕自踏入教室。

「我剛才有說過吧？在我出去找翠的時候，麻煩你們決定要套用新拍的片段，還是之前拍的舊片段。」

看來，這兩人似乎是為了電影的剪接方案而意見不合。

這不是身為外部人士的翠能插嘴的事情，所以，他只能在一旁默默看著事態發展。

（真是的，這兩人都像小孩子一樣哩……嗯？）

不知道是不是錯覺，翠朝兩人偷瞄了一眼，卻發現他們的嘴角似乎都在微微顫抖。

是在忍耐想朝對方怒吼的衝動嗎？

就算這樣，他們的樣子也有點不對勁……或說是很詭異。

當翠終於恍然大悟的同時，春輝和優的肩膀開始抽搐。

「哈哈哈！竟然兩個人都被唬得一愣一愣的～」

「望太，你整個人氣呼呼的耶！」

看來，兩人拚命忍耐的，其實是滿腔的笑意。

春輝和優抱著肚子，大笑到眼角泛淚的程度。

「我說你們啊……」

「很受不了耶。真的像小孩子一樣！」

如同字面上那樣氣呼呼的蒼太，在附近的椅子上坐了下來。

不過，儘管嘴上嫌棄著給人製造困擾的春輝和優，他的表情看起來卻有幾分開心。

（我大概能明白他的心情啦～）

因為，直到一陣子之前，春輝和優之間都存在著某種冰冷的氛圍。

翠不打算刻意詢問他們理由，而這兩人也沒有多做說明。

雖然不是完全不擔心，但他能夠樂觀地想著「一定沒問題」，或許是因為對方是春輝

audition 6
～排練6～

和優吧。

「對了，ＰＶ呢？已經完成了對吧？」

翠拉開蒼太身旁的椅子問道。

原本在操作筆記型電腦的春輝，這時帶著壞心眼的笑容抬起頭來。

「你看了可別嚇到喔。」

你還真有自信哩。

倘若現在面對的是別人，翠或許會開口這麼揶揄吧。

不過，因為他看過春輝、優和蒼太合力打造的電影研究社的作品，所以反而覺得春輝這樣的反應很理所當然。應該說，要是看到莫名謙虛的春輝，他可能只會笑出來呢。

「要開始播放嘍。」

說著，春輝「喀嚓」一聲按下滑鼠。

螢幕轉暗，然後顯示出歌名。

半晌後，先是一陣雜訊，畫面也跟著搖晃了幾下，接著，前奏開始響起。

熟悉的校舍風景出現在螢幕上。

伴隨著張力十足的吉他聲，運鏡不斷從階梯往上衝。

（嗚，哇……好棒啊，像電影一樣。）

隨後，為通往頂樓的大門來個特寫，再猛地推開它。

在大門的另一頭，究竟有什麼在等待呢？

正當翠忍不住嚥了嚥口水的同時，影像生硬地被切斷。

「啥！故障了嗎？」

看到翠從椅子上彈起身的反應，春輝壞笑著回答：

「不是喔，是到這裡就結束了。」

「啥？你剛才不是說已經完成……」

「實際上是完成了沒錯，但能夠放給你看的部分，就到這裡而已。」

audition 6

~排練6~

「沒錯沒錯。剩下的，就當成放映當天的樂趣吧！」

優和蒼太一臉樂不可支地接著說道。

看來，他們雖說要播放PV，但其實只打算讓翠見識開頭的一小部分。

還真是愛賣關子耶。

「什麼跟什麼啊……」

看到翠不滿地鼓起腮幫子，春輝的笑意更深了。

「到時，可別嚇到連歌詞都忘嘍。」

「不不不！會嚇到忘記歌詞也太誇張哩！」

「你絕對會嚇一跳啦。快好好感謝我們吧。」

「感……感謝~？」

聽到春輝沒頭沒腦的發言，翠忍不住慌張起來。

不知為何，除了春輝以外，就連優和蒼太都是一副自信滿滿的模樣。

這支PV真的這麼厲害嗎？

光看前奏的部分，確實便足以讓人亢奮起來，不過……從這三個人的態度來判斷，他們似乎別有企圖。

（難道他們安排了什麼整人企畫……？）

嗡～嗡嗡～

像是要打斷翠的思考般，不知是誰的手機傳來震動聲。

「啊，是我的。」

蒼太連忙從褲子口袋中掏出手機，然後點擊畫面。

下一刻，他隨即露出傻笑的表情。

「是早坂啊。」

「是早坂吧。」

儘管沒看到手機畫面，春輝和優卻這麼斷言。

「你們怎麼知道哩？」

「看望太的表情，馬上就能明白啦。」

audition 6
～排練6～

春輝指著緊盯手機螢幕的蒼太，以知悉一切的態度回答。

（所以……是這麼一回事嗎？）

不只是優和夏樹，就連蒼太和燈里都開始交往了。

翠愣愣地望向蒼太，結果看完簡訊的後者猛地抬起頭來。

「嘿嘿，是燈里美眉傳來的～」

「看吧？」

「真假！你也太見外哩～既然這樣，早點告訴我就好了嘛～」

翠這麼說，並以手肘戳了蒼太的側腹幾下。

原本還以為蒼太會趁機向眾人曬恩愛，但他的反應卻出乎翠的預料。蒼太一邊嚷嚷著「怎麼會」、「因為」，一邊拚命揮手。

「我們只是一起去吃過蛋糕而已啊！」

「嗯？所以，難道你們……沒有在交往？」

「沒有沒有沒有！雖然我很希望有一天能變成這樣啦……」

蒼太漲紅著臉回應。

一如本人的發言，他喜歡燈里的事實，可說是一目了然。

「翠，我說你啊……」

「嗯啊？」

聽到春輝突然呼喚自己，翠將視線轉而移向他的身上。

不過，春輝只是用一臉複雜的表情盯著他看。

（怎麼……印象中，以前好像也有過這種……）

翠在腦海裡搜索之前的記憶。

對了。黃金週剛結束時，春輝好像也曾經對他露出類似這樣的表情。不過，春輝最後只是含糊帶過，所以翠沒能明白他究竟想說什麼。

「什麼事啦？」

這次，他確實出聲追問春輝。

audition 6
～排練6～

春輝先是露出略微吃驚的表情，接著嘴角往下一沉。

「畢業典禮轉眼間就會到來喔。」

「啊……嗯，對啊。」

「要是機會降臨在眼前，可要好好把握住喔。」

「啥……啥……？」

他到底想說什麼？

無視陷入混亂的翠，把想說的話說出口之後，春輝一臉滿足。

「你有資格說別人嗎，春輝？」

看到蒼太苦笑著這麼說，春輝罕見地鼓起腮幫子表示不滿。

「……讓我說一下也不會少塊肉吧。」

「是沒錯啦。可是，這樣的話，你也主動開口就好了。」

跟誰開口？開口說些什麼？

相較於一臉不解的翠，春輝似乎很明白蒼太這句話的意思。他皺起眉頭，將視線從擺

明知道些什麼的蒼太身上移開。

「每個人的狀況都不盡相同，只要選擇不會讓自己後悔的做法就好了吧？」

優嘆了一口氣，以無可奈何的嗓音這麼表示。

聽到這句話之後，蒼太的雙眼閃閃發光，還以有些誇張的語氣回應：

「喔喔！有女朋友的人說起話來就是不一樣耶。」

「望～太～？」

（什麼啦，我完全聽不懂！他們從剛才開始到底在說什麼哩？）

完全被晾在一旁的翠，忍不住直直盯著這三人瞧。

優和蒼太爭論起「一起去吃拉麵究竟算不算約會」的問題，已經進入電影導演模式的春輝，則是開始消化堆積在桌上的一疊疊腳本。

就算現在發問，他們八成也不會好好回答吧。

然而，就算不明白個中意涵，春輝那句話深深刺進自己的胸口，卻也是不爭的事實。

audition 6

～排練6～

距離畢業典禮，已經剩下不到半年的時間。而且，在文化祭結束之後，還來不及喘一口氣，就得迎接期末考。等寒假告一段落，又有大學入學考等著自己。

也就是說——……

（我還剩下多少能跟成海說話的時間？）

這個疑問湧現的瞬間，翠感覺胸口彷彿被緊緊掐住。

就算是「不登對」的「地下戀情」，他也不想隱瞞這份名為「喜歡」的情感。

所以，翠將自己的全心全意，投注在為了文化祭演唱會而創作的那首歌裡。

不過，這樣真的就好了嗎？

在畢業典禮目送著聖奈的背影離開時，他有自信自己真的不會後悔嗎？

（寫一首歌，然後唱出來讓她聽到……光是這樣，怎麼可能滿足啊！）

如果能透過那首歌，多少將自己的心意傳達出去就好了。

雖然翠在內心的某處這麼想著，不過，這根本只是一種自我滿足。

他希望聖奈能明白自己的心意。

同時，也想知道她的心意。

這樣的話，就得自己先主動告白才行。

（真情流露地唱完那首歌，接著，在演唱會結束之後……）

下定決心後，該做什麼就很明顯了。

翠拋下一句「那之後見哩！」，便離開了電影研究社的教室，來到走廊上。

接著，他從褲子口袋中掏出手機。

『我做了一首很棒的歌，當作文化祭獻唱的新曲喔。

我會用心把那首歌唱到最好，請妳務必要來聽。』

再三檢視這則訊息之後，翠才輕輕按下傳送鈕。

audition 6

～排練 6～

恐怕要等到接近夜深時，聖奈才有辦法回覆他吧。她今天有雜誌的攝影工作，所以在上午的課程結束後就離開了。

翠這麼想著，打算跳出通訊軟體的介面時——

他發現剛才傳送出去的訊息顯示為「已讀」，下個瞬間，收到訊息的手機也震動了一下。

『我一定會去。

當天請你也好好期待喔，濱中同學！』

（嗯？「請你也」好好期待？）

應該是「我會」好好期待才對吧？是打錯字了嗎？

不過，聖奈本人似乎沒有發現這一點，只是又傳了一個熊貓揮手說「下次見」的貼圖過來。

（原來成海也會犯這種錯誤啊。）

感覺又發現了她的另外一面，讓翠有些竊喜。

他還想看到聖奈更多不一樣的表情。

喜歡什麼東西、喜歡什麼樣的男生類型。只要是跟聖奈有關的情報，他全都想更深入了解。

還有不擅長的事情、討厭的事情，希望聖奈都能夠毫不保留地告訴他。

「給我等著吧，文化祭……！」

✦ ✦ ✦ ★ ☆ ★ ✦ ✦ ✦

文化祭當日，是個秋高氣爽的好天氣。

翠忙著替自家班級負責的小吃店製作炒麵，到了休息時間，又和春輝等人四處逛，在下午的演唱會之前，度過了一段相當悠閒的時間。

開心的時光在轉眼消逝，排練的時間跟著到來。

audition 6
～排練6～

因為戲劇社已經開始在體育館舞台上表演，輕音樂社的最後調整作業，一如往常地在視聽教室進行。

翠打開教室大門，發現另三名社員都已經準備就緒。

「你們好有幹勁啊！」

「還好啦。畢竟包含自創曲在內，我們最後決定只表演三首歌，要是這樣還無法好好表現，不是很丟臉嗎？就算畢業了，也一定會變成後人的笑柄！」

「我說你啊，鈴木……別講這種觸霉頭的話啦！」

「嗯，他們從剛才就一直是這樣的感覺。」

朝揣著貝斯、臉色有些蒼白的廣道瞥了一眼後，鼓手隈苦笑著這麼表示。

（在演唱會之前，大家總會變成這樣哩。）

不過，今天就是最後一次了。

雖然四個人畢業後也還是能聚在一起，但屆時，樂器不見得還會留在各人的手中。

這甚至可能是他們最後一次站上舞台。

（……不對。這些事情，現在怎麼樣都無所謂了。）

翠來到三名社員面前，輕輕向他們一鞠躬。

「感謝你們願意陪我一起實現這種任性的要求。感恩哩。」

「……不用這樣子啦，翠～」

鈴木刻意以半開玩笑的語氣回應他。

翠抬起頭，又接著表示「好啦，聽我說」。

「我們四個能一起走到現在，真的是太好了。」

語畢，他的視野開始扭曲變形。

翠用力抹了抹眼角，佯裝是在擦汗的樣子。

換作是平常，這三人想必會開始調侃他吧，不過，今天的他們似乎無心這麼做。

就連態度總是很輕佻的鈴木，現在也像是在按捺某種情緒般緊咬下唇。

audition 6

～排練6～

「我、我也是……這麼想的……！」

在鈴木開口後，隈和廣道也跟著發聲。

「這三年以來，謝謝你們。」

「加入這個社團，真的讓我覺得很開心喔。」

「不行、不行啦～要哭也得等到演唱會結束之後哩～」

「你才是咧，翠。你都已經眼眶泛淚嘍。」

不知是誰最先哈哈哈地大笑出聲。

四人的笑聲迴盪在視聽教室裡頭。

無論是哭是笑，這都是高中生涯的最後一場演唱會了。

✦ ✦ ✦ ★ ☆ ★ ✦ ✦ ✦

戲劇社的舞台表演，今年似乎也大受好評。

當翠一行人來到側台待命時，台下的喧鬧人聲仍未停息。

「要在這之後上台，讓人有點緊張耶～」

從舞台布幔的縫隙窺探觀眾席的狀況後，鈴木苦笑著這麼說。

翠以「就是啊」表示同意，為了振奮心情，以雙手拍了拍自己的臉頰。

要是被這片氣勢給震懾住，可就沒意義了。

「暖場工作已經夠了，接著，就用我們的演唱會更進一步把氣氛炒熱吧。」

說著，翠朝鈴木等人伸出手。

這三人也隨即察覺到他的用意，跟著伸出自己的手。

「今天的演唱會，也要卯盡全力樂在其中喔～！那麼……」

「「「「喔～！」」」」

audition 6

～排練6～

四人圍成一個圓圈，一起吶喊出聲後，身體也不可思議地變得輕盈起來。

儘管還有點緊張，但同等程度的期待，同樣讓心跳加速。

翠揚起嘴角，然後步上舞台。

等到四人都就定位之後，翠向文化祭執行委員打了個暗號。

下一刻，體育館裡頭響起一陣提示開場的鈴聲，布幔跟著緩緩升起。

觀眾席高漲的沸騰情緒，直接從布幔縫隙透了進來，讓心臟怦通怦通地猛跳。

（啊，這種感覺……我超喜歡的哩～）

感覺到來自觀眾席的視線時，隈開始以鼓棒數數。

一、二、三、四……

譜出第一個音符的，是翠的吉他。

如同之前數十次的練習，他猛地滑下指尖的彈片。

同時，螢幕上也播放出這首歌的ＰＶ。

觀眾想必都沒料到他們會準備這個吧。

台下傳來一片人聲嘈雜。

感覺很長、又彷彿很短的前奏馬上就要結束了。另外三人加入演奏的瞬間即將到來。

不過，就在這個時候──

「啊！」

觀眾席裡有人大喊了一聲。

其他人也紛紛一臉吃驚地伸手指向螢幕。

畫面上到底出現什麼了啊？

翠轉動脖子，然後就這樣僵在原地。

（所謂「放映當天的樂趣」，原來就是這個嗎！）

audition 6

～排練6～

出現在螢幕上的是聖奈。

雖然只是背影，但絕對錯不了的。他不可能會看錯。

因為那正是自己喜歡的人。

看到聖奈透過螢幕對自己微笑，翠幾乎要止住呼吸。

「翠！歌詞、歌詞！」

沒有透過麥克風的某個提醒聲，從翠的極近距離傳來。

他望向聲音傳來的方向，發現鈴木一臉焦急。

鈴木一邊演奏，一邊靈巧地以肩膀推了翠的背一下，讓他瞬間回過神來。

（失敗啦。我真的嚇到連歌詞都忘哩……）

他完全輸得心服口服。

翠離開麥克風輕笑幾聲，接著才慢半拍地開始獻唱。

這是至今都未曾有過的感覺。

或許因為這是自創曲吧。無須時時刻刻提醒自己得投入感情，情緒就會自然而然地從體內溢出。

按壓著吉他弦的指尖。

震顫的喉頭。

還有激烈的心跳。

翠的整個身體，都在為自己喜歡聖奈一事高歌。

回過神來時，觀眾席已經有人開始打拍子。

沸騰的情緒宛如浪濤般湧向舞台，讓翠感覺彷彿有一股電流從腳底竄至全身。

（這就是所謂的「一體感」吧。）

進入間奏後，馬上就是吉他獨奏的部分。

翠跟著鈴木往前踏出一步。

audition 6

～排練6～

伴隨著吉他躍動的音色，一道聚光燈打在觀眾席上。

聖奈的身影在光線落腳處浮現。

（她有來聽演唱會……！）

開心、緊張和興奮。總之，無數種情緒從翠的內心深處湧現，讓他的心臟幾乎要從嘴裡蹦出來。

下個瞬間，他感覺自己和聖奈四目相接。

加、油。

察覺到她這麼說的唇語之後，翠突然覺得好想哭。

（我果然很喜歡成海哩。）

間奏結束後，歌詞裡的「他」終於要向「她」告白了。

儘管明白自己和「她」並不登對，「他」還是無法割捨這段感情。

所以，「他」決定要一步步朝「她」理想中的形象靠近。

然後再表白自身的心意。

以筆直的眼神只看著「她」一人，注入自身所有的情感。

「我喜歡妳。」

趁著演唱會的熱度尚未冷卻下來的時候，聖奈獨自離開了體育館。

因為，要是繼續待在觀眾席上，她可能會嚎啕大哭起來。

她在空蕩蕩的教室裡蹲下，重重吐出一口氣。

（濱中同學的歌真的好棒……）

跟他在通訊軟體中說的「我會用心把那首歌唱到最好」一樣。

歌曲走的是充滿爆發力的活潑風格。

不過，歌詞的每字每句，都充斥著翠滿溢出來的情感，聽著聽著，讓聖奈有種胸口被

audition 6

～排練6～

緊緊勒住的感覺。

回過神來的時候，她發現一滴淚水從臉頰滑落。

若非如此，不可能創作出這般打動人心的歌曲。

聽著那首歌，讓她有這樣的預感。

（……濱中同學也在談戀愛嗎？）

（不知道對方是誰？我竟然覺得好羨慕那個女孩子……）

事到如今，還說什麼呢。

聖奈緊咬不停顫抖的下唇。

決定在春輝等人製作的ＰＶ中演出，是因為她想往前踏出一步。

就算是「地下戀情」，她也不想忽略自己的心意。

這麼做，她就已經滿足了。

就算無法將「喜歡」的情感傳達出去，應該也無所謂才是。

然而，自己的心卻是最誠實的。

會以「當天請你也好好期待喔，濱中同學！」來回應翠的訊息，是因為她希望能透過那支PV，多少將自己的心意傳達給他。

翠創作的這首歌，滿載著誠摯的戀愛情感。

不是只有冠冕堂皇的漂亮話。也有坦率道出自己的不安和嫉妒的歌詞。

喜歡上某個人，可以說是和自己的一場戰鬥。

因為，對那個人的感情愈真，不安的感覺也會愈強烈。

聽著翠演唱的同時，不知不覺中，聖奈發現她將自己的心意和這首歌重疊在一起。

然後，被歌曲中的「他」從後方推了一把。

一如向「她」告白的「他」，自己也向翠告白吧。

無論最後會是什麼樣的結果出現在眼前。

（……沒錯，得好好把心意傳達出去才可以。）

audition 6

～排練6～

這麼下定決心後，抬起頭的同時，聖奈感受到手機傳來震動。

看到新訊息的欄位旁顯示出翠的名字，她的心臟猛地抽動了一下。

（是濱中同學傳來的訊息……怎麼了嗎？）

再過幾分鐘，文化祭就要結束了，只剩下後夜祭的活動。

聖奈以因緊張而不停發抖的指尖觸碰螢幕。

『後夜祭開始後，可以請妳來體育館一趟嗎？』

閱讀這則訊息的同時，她感覺自己彷彿下意識停止了呼吸。

看完內文的瞬間，心跳怦通怦通地加快。

（這……說不定是個好機會！）

舉行後夜祭的時候，就不會有什麼人造訪體育館。

因為，由文化祭執行委員主辦的後夜祭，會在操場上舉行。

聖奈隨即從原地起身，以熊貓的「ＯＫ」貼圖回應。
不要緊。那個無法向翠打招呼的自己，已經不存在了。
像之前在雨天把傘借給他那樣，讓身體隨著心動起來就好。
（我得再一次鼓起勇氣才行。對吧？）
聖奈這麼說服自己，然後打開教室大門。

不出所料，體育館外頭一片鴉雀無聲。
操場上傳來迎接後夜祭正式開始的倒數聲。

（五、四、三……）
聖奈隨著傳入耳中的喧囂，一起在內心進行倒數。
但因為她的心跳速度遠比倒數來得快，總覺得有些錯亂。
再這樣下去，自己或許會緊張到忘記呼吸的方式也說不定。

audition 6
～排練6～

（二、一……）

周遭的聲響突然一下子變得遙遠。

這一刻，浮現在腦海中的，就只有翠的笑容。

（零！）

倒數結束的瞬間，聖奈用力拉開冰冷而沉重的體育館大門。

被封閉在裡頭的熱氣傾洩而出，撫過她的臉頰。

翠正站在舞台的前方。

「讓你久等了，濱中同學……！」

看到趕來自己身旁的聖奈，翠朝她點了點頭。

但他沒有出聲。點頭是翠唯一做出的反應。

這樣的他，看起來似乎緊張不已。

（是什麼難以啟齒的事嗎……？）

雖不知道自己被找過來的原因，為此困惑的聖奈仍朝僵在原地的翠展露笑容。

「演唱會辛苦嘍！現場的氣氛好High呢。」

「……嗯。」

這次則是很輕的應答聲。

不過，在這之後，翠的嘴巴像是被上鎖似的沒再動過。

（難道是因為太賣力演唱，讓嗓音沙啞了嗎？）

下一刻，聖奈聽到某處傳來「我……我喜……」的碎唸聲。

不對，不是某處，就是眼前的翠發出來的聲音。

「我……我喜……喜番……不，那個……」

洗翻？

在聖奈疑惑地歪過腦袋之後，翠漲紅著臉低下頭。

audition 6
～排練6～

（啊。他的表情好可愛喔……）

真想走到更近的地方看看。

這麼想的時候，聖奈已經一步步縮短自己和翠之間的距離。

每踏出一步，心跳就劇烈到幾乎發疼的程度，但她卻停不下腳步。

她想看到翠更多不同的表情。

想跟他繼續見面，也想和他牽起手。

也想知道他喜歡的零食或顏色。

還有不擅長的事情、討厭的事情，希望翠都能夠毫不保留地告訴她。

（我想成為濱中同學心中特別的存在。）

所以，得先踏出第一步才行。

聖奈抬頭，以筆直的眼神望向翠，然後道出她心中的祕密。

「我可以獨占你嗎？」

下個瞬間，翠像是觸電似的抬起頭來。

他的雙頰甚至比剛才要來得更紅。

不過，兩人其實彼此彼此吧。

因為自己現在一定也是滿臉通紅的狀態。

「濱中同學。」

渴望聽到答案的聖奈緊盯著翠，沒有移開自己的視線。

而後者也不再移開視線。

在兩三次的深呼吸之後，他才緩緩開口。

「萬……萬萬……」

audition 6

～排練6～

「萬？」

「萬歲！我們兩情相悅哩！」

「咦！」

無視聖奈愣住的反應，翠擺出雙手握拳的勝利姿勢。

意思是，他願意接受自己的告白了嗎？

應該、一定，就是這樣吧。

可是，聖奈還是想聽到他確實說出來。

她微微嘟起嘴，再次喚了一聲「濱中同學」。

「我想聽你的回答呢。」

「！」

翠先是瞪大雙眼，接著又馬上變得滿臉通紅。

接著，他的視線不斷在半空中游移，還「咦」、「呃」地不斷囁嚅著。

聖奈對這樣的翠露出笑容，一雙眼睛直直盯著他，等待翠道出答案。

「我……我也……那個……」

「嗯。」

「……如果妳不嫌棄這樣的我的話，我很樂意。」

「我不要你以外的人喔，濱中同學。」

說著，聖奈伸手捏了眼前那個紅通通的臉頰。

原本嚇了一跳的翠，明白聖奈這麼做是在掩飾自身的難為情之後，也靦腆地笑出聲。

（為什麼呢？總覺得腦袋輕飄飄的……）

因為過於幸福，鼻腔深處感覺一陣刺痛。

「……那個啊，成海。」

翠有些猶豫地開口。

如果現在出聲回應他，感覺自己就會哭出來了吧。於是，聖奈僅以視線催促翠繼續往下說。

接著，翠輕撫聖奈捏著自己臉頰的那隻手。

「我也……不要成海以外的人。」

聖奈的手被他緊緊握住。

翠的掌心傳來不輸給自己的熱度。

「我喜歡妳。」

聽到這句慢了半拍的告白，並理解其中的意思後，淚水滑落聖奈的臉頰。

看到這一幕，翠慌慌張張地以「妳……妳沒事吧？」關心她，然而，充斥在胸口的情緒，讓聖奈無法出聲回應。

（原來「喜歡」兩個字，擁有這麼強大的破壞力呀……）

感覺心臟好像要爆炸開來似的。

真實的感覺，再再告訴自己這並非一場夢

為了將這種幸福的痛楚傳達給翠，聖奈筆直迎上他的視線。

「……我也……」

「嗯？」

「我也喜歡你，濱中同學。」

聽到聖奈的發言，翠的兩隻眼睛愈瞪愈大。

接著，兩人以最棒的笑容面對彼此。

「請多指教嘍。」

「請多指教哩。」

epilogue ～終曲～

過去，自己一直認定這是一段不登對的戀情。

可是，在踏出一步之後，前方有和自己同樣伸出手的聖奈在等著。

就這樣，他們拾起彼此的手，然後成了男女朋友。

不過，只要聖奈還待在演藝圈，這是一段「地下戀情」的事實就不會改變。

翠被聖奈獨占著。

另一方面，「身為讀者模特兒的成海聖奈」，則不是專屬於翠的存在。

這段戀愛，是只有他們倆能共享的祕密。

epilogue
～終曲～

八點七分，第二月台的第二節車廂。

在一如往常的時間、一如往常的地點，聖奈搭上了電車。

翠緩緩轉頭，自然而然地開口。

「早安。」

這麼打過招呼之後，他便轉身背對聖奈。

因為這是身為同班同學該有的距離。

抵達學校附近的車站後，不知為何，外頭聚集了一堆國中生。

發現聖奈的瞬間，他們蜂擁而至。

看來，這群國中生似乎是事前就埋伏在這裡。他們不分男女，拿著簽名板和聖奈擔任讀者模特兒的雜誌，爭先恐後地表示「請幫我簽名！」。

（成海看起來有點困擾哩。是不是要過去幫她比較好……？）

翠不由自主地望向聖奈，結果和她四目相接。

一瞬間，聖奈朝他露出微笑。

無須言語，這樣便已經足夠。

翠沒有出聲，若無其事地從聖奈一行人身旁走過。

（她還是老樣子，超級受歡迎哩～）

看到聖奈像那樣被大批粉絲包圍，翠也不是沒有半點感覺。

「身為讀者模特兒的成海聖奈」是屬於大家的。

不過，成海聖奈的戀人，則只有自己一個。

這樣的事實，一直都是推著翠往前的動力。

（總之，不要過於急躁，依照我們兩人的步調努力下去就好了。對哩，晚上撥通電話給她吧～問她下次休假，時要不要去遊樂園玩個夠本！）

epilogue
～終曲～

或許會經歷很難熬的時刻，但如果有兩個人，一定能共同克服。
因為是跟妳在一起。
今後，就讓兩人專屬的開心祕密繼續增加吧。

Member Comments

HoneyWorks 成員留言板！

感謝將《星期五的早安》
小說化的企畫!!
但願讀了本書的你能夠迎接
更加閃耀的每個早晨。

HoneyWorks shito

shito

《星期五的早安》

小說化企畫大感謝!!

這次的故事能讓大家發掘翠和聖奈的另一面，
讓努力的他們帶給自己勇氣！雖然不喜歡濕答答的天氣，
但希望本書能成為讓大家
喜歡上「雨天」的
一個契機喔。

ヤマコ

我是ziro！
非常感謝將
《星期五的早安》
小說化＆出版的
企畫！

聖奈～!!!
是我啊～！
祝妳幸福～!!!

恭喜《星期五的早安》小說化!!
在學生時代，我最喜歡隔天就是假日的
星期五了!!
希望大家也都能經歷一場很棒的相遇喔♪
我的字有點醜，真不好意思。
以後也請大家繼續支持指教Haniwa！

"cake"

恭喜《星期五的早安》
小說化！
本書呈現了許多原曲無法深入描寫的
兩人心跳加速的場景，
是一本會讓大家更喜歡
翠跟聖奈的作品喔!!
ろこる

ろこる

《星期五的早安》!!
恭喜小說化!!因為是我最喜歡的情侶的故事，
所以我一直很期待呢！！總覺得祕密交往
聽起來很不錯耶
好青春喔～
モゲラッタ

モゲラッタ

支援團員！
Support Members

Oji

道早安的排練
可是非常
重要的喔！
oji

AtsuyuK!

從早安開始的戀情
真是太棒了。
AtsuyuK!

Who's next?

©rerulili&erika yoshida 2015

Kadokawa Light Novels

腦漿炸裂Girl 1~6（完）

原案：れるりり　作者：吉田惠里香　插畫：ちゃつぼ

niconico相關動畫播放次數破4000萬，
環繞於「黃金蛋的求職活動」之謎，邁向完結篇！

自稱「兩人的騎士」的神祕協助者，原來是過去在「黃金蛋的求職活動」中，讓羽奈等人陷入絕境的田篠珠雲！心想花是不是再次背叛了自己，羽奈因而目瞪口呆，無法再相信花。更有如雪上加霜的是，花還告訴羽奈——我們很快就要告別了……？

各 **NT$160~190/HK$48~58**

台灣角川

Kadokawa Light Novels

喜歡☆討厭

Kadokawa Fantastic Novels

原案：HoneyWorks　作者：藤谷燈子　插畫：ヤマコ

HoneyWorks超高人氣的代表曲「喜歡☆討厭」，
獻上眾所期待的小說化！

　　我，音崎鈴，是個愛好平穩與和平的女高中生。某天，逢坂學園輕音社的主唱，被吹捧為「王子☆」的加賀美蓮，竟然當著全校師生的面突然向我告白啦——！而且，我還誤打誤撞地加入了輕音社……！為了鈴＆蓮＆未來所準備的舞台，即將開演！

台灣角川

NT$180/HK$55

Kadokawa Light Novels

歡迎來到實力至上主義的教室 1~4 待續

作者：衣笠彰梧　插畫：トモセシュンサク

真正的實力、平等究竟為何？
告別無法清算的過去之校園默示錄第四彈！

特別考試後半場考試舞台接著移往豪華遊輪，內容是考驗思考能力的腦力賽！學校將Ａ班到Ｄ班所有學生打散分成了干支十二組，學生必須互相協助找出各組僅有的一名「優待者」。考試進行同時，清隆發現了同組的同班同學輕井澤擁有的異常之處——

各 NT$220~250/HK$68~75

台灣角川

Kadokawa Light Novels

隱匿的存在

原案：KEMU VOXX　作者：岩關昂道　封面、彩頁插畫：hatsuko

實力派創作團體KEMU VOXX
播放次數破200萬的超人氣VOCALOID曲輕小說化！

自小父母雙亡的草平，因昔日的摯友聖從中作梗，在班上遭到孤立，和一起生活的姑姑也無法和睦相處，唯一能理解他的晴香亦成了草平無法觸及的存在。失去容身之處的草平，發現他人突然無法看見自己的身體、無法聽見自己的聲音——草平成為了透明人。

台灣角川

NT$220/HK$68

國家圖書館出版品預行編目資料

告白預演系列. 6, 星期五的早安 / HoneyWorks原案 ; 藤谷燈子作 ; 咖比獸譯. -- 初版. -- 臺北市 : 臺灣角川, 2017.08
面 ; 公分. -- (Kadokawa fantastic novels)
譯自 : 告白予行練習. 6, 金曜日のおはよう
ISBN 978-986-473-789-5

861.57 106009200

Kadokawa
Fantastic
Novels

告白預演系列6

星期五的早安

（原著名：告白予行練習6 金曜日のおはよう）

2017年8月10日 初版第1刷發行
2023年11月21日 初版第3刷發行

原案：HoneyWorks
作者：藤谷燈子
插畫：ヤマコ
譯者：咖比獸

發行人：岩崎剛人
總編輯：蔡佩芬
編輯：黃怡珮
美術設計：宋芳茹
印務：李明修（主任）、張加恩（主任）、張凱棋

發行所：台灣角川股份有限公司
地址：104台北市中山區松江路223號3樓
電話：（02）2515-3000
傳真：（02）2515-0033
網址：www.kadokawa.com.tw
劃撥帳戶：台灣角川股份有限公司
劃撥帳號：19487412
法律顧問：有澤法律事務所
製版：尚騰印刷事業有限公司
ISBN：978-986-473-789-5